千夜宮ハレムのとりかえ書記姫

鳥村居子

富士見L文庫

Contents

序章　女奴隷の数奇な運命

明日《あした》になれば、女奴隷として後宮《ハレム》に放り込まれる運命だ。だが、どれだけ自由を奪われても、根強く心に希望は残っている。

そんなアナスタシアの希望が、まさしく両腕に抱えた書物だった。

ここは皇帝《スルタン》に仕える大宰相イドリースの住まう屋敷——華美なものの裏に数多《あまた》の政争が蠢《うごめ》く場所だ。壁に敷き詰められた繊細なタイル細工が、吊《つ》り下げられたランプの光に照らされて華やかに彩られる。ランプは緑色や紫色の七宝《しっぽう》で装飾されており、金色のシェードに太陽や星などが植物模様と共に美しく彫り込まれていた。

アナスタシアはそんな荘厳な廊下を尻目《しりめ》に、屋敷の庭へと飛び出した。器用に指で吊りランプを引っ掛けたまま、両腕に抱えるのは大量の書物だ。

少し離れたところにある木々の下は、草木が生い茂り、身を隠すのに、ちょうどよい物陰になっているようだ。回廊からもランプの光がわかりにくいだろう。

アナスタシアは慌ててそこに駆け寄って、吊りランプを地面に置くと、その場にしゃがみ込み、本を膝《ひざ》の上に並べた。

空を見上げた。儚《はかな》くも眩《まばゆ》い月が浮かんでいる。

アンヌール帝国にとって月光とは、月のもたらす神秘であり、信仰の厚さを象徴するものだ。その光に照らされた者は、例外なく内に潜む真実を暴かれてしまうという。

――私の場合は月も書物も同じようなもの。私の欲望を暴いてくれる。

そう、アナスタシアは本を愛していた。

明日、アナスタシアは後宮に連れて行かれてしまう。その前に、せめてこの書物だけでも読んでしまいたいという気持ちだ。残された時間は少ない。そうアナスタシアは決意すると、書物の頁《ページ》を開いた。

「……こんなところで何を？」

急に後ろから声をかけられて、アナスタシアはびくりと肩を震わせた。

――気付かれてしまった⁉

なるべく顔を見られないように声のしたほう――相手の足元に視線を向ければ、そこには外套《クローク》に身を包んだ者がいた。声と革靴から察するに男だ。

「……もしも蒼月教《そうげつきょう》の古代の神が、数多の神々が信仰を失って消えていく中で、一人取り残されていったのだとしたら、ちょうど今の君のように困り果てて、狼狽《うろた》えているのだろうね」

この知識をひけらかす印象からして学者だろうか。アナスタシアは動くこともできず、彼に背中を見せたまま、小さく息を吐き出した。そのまま彼は、囁《ささや》くように言葉を続ける。

「月の光に似ていると言いたいんだよ、君が。儚いのにもかかわらず、いつまでもその光は空と空気を侵食している。その地面すらも」

きらびやかな黄金と宝石に彩られたアクセサリーに身を包んでいるのだろう。彼が身じろぎするたびに、じゃらりと価値のあるものが擦《こす》れる音がした。

その麗しい音といい、きっと彼は高貴な人間だ。

――あなたは。

そう口にしようとして、後ろの男がふわりと笑った気配がした。

そのあまりに柔らかな雰囲気に、言葉を失ってしまう。

「少し回りくどいかな。まるで月の女神を前にしているようなものなのだから、もっと小《こ》洒落《じゃれ》たことが言えたらいいんだけど」

そう言いながら、彼はアナスタシアの長い髪の一房を手にする。

「きれいな髪の色だ。月の光を封じこめれば、そんな艶《つや》になるのかな。ねえ、君は誰？」

月光の下での、この儚い出会いがアナスタシアのすべてを変えてしまうとは、まさか夢にも思わなかった。

第一章　後宮での洗礼

すべては奴隷としての何気ない日々から始まった。

後宮《ハレム》に入る前のアナスタシアは、己の運命も知らず、ただ無邪気にバターについて思いをはせていたのだった。


アナスタシアは故郷の街を賊に襲われ、家族ともども奴隷として売り飛ばされた。両親はどこに行ったのかわからない。弟は大宰相イドリースに一緒に買い取られたが、アナスタシアだけはイドリースの元で教育されたのち後宮に売り飛ばされてしまった。

アナスタシアは後宮に行く他の女と共に馬車に乗っていた。アナスタシアは、すんと鼻を突き出し匂いをかぐ。馬車の中はバターの匂いが充満していた。艶を出すため髪にバターを塗りたくられた女が何人かいるからだ。馬車にはアナスタシアと同じ赤い髪の少女が他にもおり、彼女も髪にバターを塗っているようだった。

――私も塗ってほしかった。

そう思いながらアナスタシアは己の髪を指ですいた。書物にそのようなことが書かれていたが、知っているのと実際やるのでは違う。バターの付着していない己の髪の毛にがっかりして深くため息をつこうとした瞬間、馬車が大きく揺れたと思うと、そのまま止まる。宦官《かんがん》から外に出ることを促されて馬車を降りた。

目の前にそびえ立つのは『祝福の門』と呼ばれる後宮の入り口だ。アーチ状の部分には精巧な植物模様が彫り刻まれており、門を支えている柱には、これまた光沢のある美しいタイルが敷き詰められている。

アンヌール帝国の後宮には魔が潜んでいる。祝福の門をくぐれば女は二度と外には出られない。教会にあった書物に書かれていた言葉だ。

アンヌール帝国の後宮は千人以上の女が集められたことから『千夜宮』と呼ばれている。スルタンが様々な千の夜を楽しめるようにと、母后が名付けたのだ。

――私は、もうここから出られない。

そう思うよりも前に、胸の内に熱い気持ちが湧き上がる。

「ああ、これは……本で読んだ通り、そのままです。こんなふうに間近で眺めることができるなんて……」

――嬉《うれ》しい。

興奮する思いを抑えきれず、胸に手を置いて目の前の門を陶酔した目で眺める。今から書物でしか知らなかった場所に足を踏み入れることができるのだ。

もちろん家族を心配する気持ちもある。だがそれよりも興奮が勝っていた。

強い視線を感じて、アナスタシアはその方向を見る。そこには先程一緒に馬車に乗っていた赤い髪の少女がいた。彼女が話しかけてくる。

「あなたもカルス帝国から？」

「ええ。よくわかりましたね」

「さっき独り言であたしたちの言葉で喋《しゃべ》っていたじゃない。それにその訛《なま》り……あたしの地方とそっくりだわ」

「まあ、それはなんて幸運なのでしょう。今日は色々な縁を感じる素晴らしい日です！本当に、すっごく嬉しいです！」

手を胸の前で組んでうっとりしてしまう。そんなアナスタシアを見て彼女は呆《あき》れていた。

「あなた、なんでそんな……」

彼女はそう言いかけたが、傍《そば》にいた宦官に叱責《しっせき》されて口をつぐむ。だが、馬車に乗っていたときよりも、ずっと顔色は良くなったようだ。

――同郷の私と会話ができて安心したのかもしれない。

己の存在が少しでも人の役に立てたのなら、嬉しいことだとアナスタシアは感じた。

※

奴隷たちは後宮——千夜宮に入る前に、宦官たちに身体《からだ》の状態を調べられていた。問題ないと見なされれば、異国の宗教のものは宦官長から改宗の簡易儀礼として、アンヌール帝国の名前に変えられてしまう。その後、特例としてスルタンからもまた別の名前を付けられることがある。本来、宦官長からの簡易儀礼のあとに母后への挨拶《あいさつ》の時間も設けられるのだが、ここ数日、奴隷があまりに多く千夜宮に送られすぎているために時間が足りていないそうだ。

——残念です。書物によると今の母后は、かなり美しい方だとか。ぜひこの目で見たかったのに。

アナスタシアは落ち込んでいたものの、別室に案内されたあとに宦官長から与えられた新しい名を聞いて顔を輝かせた。

「ギュッルバハル、ですか？　まあ、なんと素敵な名前なのでしょう！　嬉しいです」

「素敵？　嬉しいとは？　なぜそのような反応をする？」

たどたどしくカルス帝国の言葉で話しかけてくる宦官に、アナスタシアは頬をほころばせながら答える。

「ええ、だって、その名前は春の薔薇《ばら》を意味するのでしょう？　私のようなものに、そのような可憐《かれん》な名前をつけてくださり、この上なく感謝いたします。春の薔薇は香り豊かにいつまでも心に残るもの。名前に負けぬようにそんな存在になりたく思います！」

すらすらと答えると宦官は目を丸くしたのだった。しばらく考え込む様子を見せると静かな口調で問いかけてきた。

「この言葉はわかるか、娘」

それはアンヌール帝国の言葉だった。アナスタシアは頰に指を添えると少しだけ考えて口を開く。

「ええ。多少は。喋るよりは、読むほうが得意ですけれども」

千夜宮で目立たずにいたいのであれば、おそらくその事実は隠し通したほうが良かったのだろうが、宦官の一人と、アンヌール帝国の言語で喋れることへの好奇心のほうが、勝ってしまった。果たして己の言葉は通じるのか、試してみたくなったのだ。

そもそもアナスタシアを買い取ったイドリースには、既にアンヌール帝国の言語を扱えることは知られている。その状況で隠し続けてもあまり意味がないとも考えたのだ。

「うふふ、喋ってしまいました。通じたようで嬉しいです」

「ふん、ずいぶん聞きやすい。少し癖を直せばこの国のものだと思ってしまうだろう。ああ、人宰相殿の送り込んだ奴隷か。赤い髪とは聞いていたが」

そう宦官は言うと、女奴隷たちの居住区に向かうよう、アナスタシアに促した。アナスタシアはにこりと微笑《ほほえ》み返すと、言われた通りにする。

居住区には、今日送られてきた他の女奴隷たちも集まっていた。まだ宦官の指示が来ないようで、他の千夜宮のものたちの視線にさらされてしまい、みな居心地の悪そうな表情をしている。

そんな中、一人アナスタシアは背筋を伸ばして周囲を見渡した。

――二階で私たちを眺めているのは、准夫人と呼ばれる方でしょうか。

アナスタシアは教会で読んだ書物のことを思い出す。その中には、千夜宮の階級について書かれているものもあった。アナスタシアは下着の中に隠していた紙片を取り出した。教会にあった書物のほとんどは、戦火によって灰になってしまったが、いくつかは頁《ページ》を破り取ってまでして持ってきたのだ。

単なる文字の書かれた紙片であり、そこに階級について書かれているわけではない。だがそれに指で触れていると気力がわいてくるのだ。

――文字は可能性を広げる魂のようなものだ。

父親の言葉を思い出す。目を閉じて脳裏に知識を思い浮かべると、何にでもなれる気がしてくるのだ。もう一度目を開いて、二階からこちらを眺めている女を見つめ返した。

ランプの光に照らされて、その女性の身につけている薄いベールが華やかな虹色《にじいろ》の光沢を放つ。金糸や銀糸が繊細に織り込まれた錦織《にしきおり》に幅広いリボンのついた赤いドレス、首には真珠とダイヤモンドで装飾されたネックレスがぎらぎらとした輝きを放っていた。その衣装から見ても准夫人以上、ただし傍に控えている女官の衣装を見ると夫人ではないだろう。

千夜宮の女の階級は新参者のアジェミから始まり、端女《はしため》のジャーリエ、見習いのシャーギルド、典侍補のウスタ、典侍のゲディクリと上がっていき、そしてスルタンの寵愛《ちょうあい》を得れば准夫人、皇子を産めば夫人として、次期母后への足がかりを得ることができる。寵愛を得られない女官止まりは総称としてのジャーリエと呼ばれて、後宮内の業務に携わるのだ。アナスタシアは新参者のアジェミであり、これから大部屋を与えられて、スルタンの目に止まる機会を得られるように、女官として仕事ができるよう教育を受けながら生活していくことになるのだろう。

しかし今のスルタンは一晩しか女を抱かないことで有名だ。ゆえに夫人は存在せず、准夫人もスルタンと一晩過ごした上で母后に気に入られたものが選出される仕組みとなっている。准夫人となれば寵姫《ちょうき》と呼ばれる存在のはずだが、今代のスルタンのせいで形骸化《けいがいか》していると聞く。『千夜宮』と呼ばれる後宮《ハレム》もそうなっては虚《むな》しい名だ。

アナスタシアが見つめていることに気づいたのか、二階にいた准夫人らしき女性が顔を歪《ゆが》めて部屋の奥に引っ込んでいく。

——残念、もう少し見ていたかったのに。

その女性は、どこか寂しさを抱えているような瞳《ひとみ》をしながらも、凛《りん》とした表情が美しかった。

「あなた、アンヌール帝国の言葉がわかるの。さっき、会話をしていたわよね」

急に話しかけられて、アナスタシアはびくりと肩を震わせた。すぐ傍にアナスタシアと同じ赤い髪の少女が立っている。彼女は同じ馬車に乗せられてここにやってきた奴隷だ。

先程もアナスタシアに話しかけてきた。

「はい。とはいっても、少しだけ書物で習った程度ですけれども」

そうアナスタシアが言うと、彼女は顔を歪めた。それは先程見た、二階にいた女性と同じ表情だった。苦しみを奥深くに隠しながらも、相手に伝えるために少しだけわざと怒りを表に出している。彼女は苛立《いらだ》ちを吐き捨てるようにしてアナスタシアに言った。

「なぜ、そんな自尊心を捨てるようなことができるの。あなたは、カルス帝国の民である誇りを捨てたの」

「誇り……？」

出身国への誇りなど考えたことがなかった。賊に捕らえられたときは知識に触れることができずにウズウズしていたけれども、奴隷として扱われてからは書物に書かれていたことをその身で体験して新鮮な気持ちを味わっては、その気持ちに浸ってばかりであっという間に時間が過ぎたような印象だったからだ。

「な、なぜ、そこで首をかしげるの」

「いえ、比較的どうでもよくて」

「どうでもいい……!?」

驚いた顔をした彼女であったが、すぐに首を横に振って問いかけてくる。

「まぁ、もういいわ。ねえ、あたしはフィルヤールという名前をつけられたわ。それはどういう意味なの」

「首のきれいな美人、という意味です」

「ほ、褒めているのかしら、それ」

「ええ。どちらかというと、かなり良《い》い意味だと思いますよ」

そう笑いかけると後ろから叱責の声を浴びせられる。振り向くと、二階から降りてきたのであろう、先程アナスタシアが眺めていた女性だ。

「そこ！　何をやかましく話しているの！」

彼女はアナスタシアが手に持っていた紙片に気づいたのだろう。つかつかと靴音を立てながら近づいてきて、それを素早く取り上げた。アナスタシアが抵抗する隙もなかった。

「何よ、これは。一体、何を隠しているのよ！」

そう言いながらその女性はアナスタシアの前で、その紙片をびりびりに破いた。

「あなたの国の言葉かしら？　こんなものを未練がましく……宦官《かんがん》は何をしていたの！　この千夜宮では、あなたの国の言葉を喋ることも許されないというのに！」

紙片を拾おうとしたアナスタシアの手を強く踏みつけると、蔑《さげす》むような声で言ったのだった。

「身の程を知りなさい、アジェミ。この千夜宮であなたの自由になるようなものなど、どこにもないのよ。単なるどこにでもいるような奴隷であること、自覚しなさいな！」

「あ……」

「ここに入れられれば誰でも一緒！　あなたなんて隅で腐るように生きていくしかないの。下手な希望なんて持たないことね！」

アナスタシアが顔を伏せたまま何も言わないでいると、その姿を見て気が済んだのか、女性は鼻で笑うと立ち去っていく。それを見送っていると、赤い髪の少女が話しかけてきた。

「災難だったわね。大切なものだったのよね？」

「災難？　いいえ、幸運です」

――捨てられなくてよかった。

アナスタシアは千切れた紙片を、かき集めて拾い上げた。

まぶたを閉じれば轟々《ごうごう》と燃え盛る教会の姿が思い浮かぶ。あのとき必死で伸ばした手は届かずに、熱風で頬が煽《あお》られるだけだった。目を開ける。今はそのときとは違う。こうして千切られていようが、その片鱗《へんりん》を拾い上げることができるのだ。

——何もできないよりは何かできたほうがずっといい。

昔、教会で保護された異国の親子が口にしていたことだった。村が戦火に巻き込まれて国を脱することを余儀なくされて、どこにも行き場がなく困っていた親子は、ようやく休息できる教会にたどり着いたとき、何か手伝えることがほしいと付け加えて、神父である父親にそう言っていた。父親は身体を休めてほしいと言っていたのだけれど。

アナスタシアはその言葉の意味を思い知っていた。

教会の仕事や保護した民たちの世話で両親はずっと忙しく、アナスタシアは時間があれば教会にある書物を読んで過ごすことが多かった。それはきっと寂しさを紛らわす行為でもあり、文字を読んでいる間は狭い教会ではなく広い世界に旅に出ている気持ちになったのだ。

あまりにそれが嬉《うれ》しくてアナスタシアは父親に「どうして本を読むだけでこんなにも元気が出るのか」と問いかけた。その際に返ってきた言葉がこれだ。

——文字は可能性を広げる魂のようなものだ。

そのときからアナスタシアは、どのような書物でも家族のように感じてしまえるようになった。いつでも傍《そば》にいて、その文字を読むだけでどこにだって行ける。苦しいことや悲しいことがあったとしても平気でいられる。

今まで読んできた書物の文章が、こうしてアナスタシアを生かしている。

その内のお気に入りの一頁を、まるでアミュレットのように持っていた。

――この頁には私にとって大事な文字が書かれているのだ。

燃えたわけではない。まだつなぎ合わせれば文字を読むことができる。ならば悲しむ必要はどこにもない。

「灰になったわけではないのですから」

「何が書いてあるのよ？」

その問いかけに、アナスタシアは曖昧《あいまい》に笑って、ごまかした。

人に言うには、少し恥ずかしい。

「それにしても……」

紙片を拾いきったアナスタシアはすっくと立ち上がり、話しかけてきた少女に詰め寄りながら興奮した声で言葉を続けた。

「聞きました!?　私、アジェミと呼ばれましたよ。やはり私はそういう立場なのですね。自覚するのと呼ばれるのとでは気持ちが違います。大変心地よいです、新鮮です」

恍惚《こうこつ》と笑うと、少女はたじろいだような表情をした。

「はぁ!?」

そんな彼女の反応に気づいたアナスタシアは、申し訳なさそうに笑いながらごまかす。

「ああ、挨拶《あいさつ》が遅れましたね。私はアナスタシアと申します。あなたの名前は？」

「あ、アレクサンドラ……」

「そう、アレクサンドラ。これからよろしくおねがいしますね」

目を丸くするアレクサンドラに、アナスタシアは、もう一度、微笑みかけたのだった。

※

アンヌール帝国の国教である蒼月教《そうげつきょう》は、月の神を唯一神として崇《あが》め奉っている。月の見える時間帯に日に三度、礼拝を行わなければいけないし、礼拝の作法も細部まで決められている。そう本に書いてあったので、アナスタシアは知っていた。

ふっとアナスタシアは、千夜宮に来る前に、大宰相の屋敷《やしき》で出会った男を思い出した。

あのあと、人の気配がして、彼はすぐに姿を消してしまった。

もしかすると今頃、彼は私の行方を捜しているのだろうか。

二度と会えない私のことを。

──もう会えない人のことを考えても仕方ない。眼《め》の前のことに集中しなければ。

ここにきてから最初の礼拝だ。アナスタシアは浮かれていた。初めて書物でしか触れたことのない行為を実践できるからだ。

清めの儀式が終わったあと、礼拝の間に向かったアナスタシアは、そこに敷かれていた礼拝用の赤い絨毯《じゅうたん》を間近で見て興奮してしまう。

セッジャーデと呼ばれる絨毯だ。蒼月教には聖地があるが、その聖地に向けて敷くことができるように目印として突起状の文様が縫われている。その文様は礼拝用寺院の月光を表すランプに似た楕円《だえん》模様であった。そしてアンヌール帝国のデザインの特徴である植物模様も、美しく周囲に描かれている。

まさしく本で見た通りのものに、アナスタシアは自然と鼻息を荒くしてしまう。

——礼拝用絨毯に、礼拝の儀式……ああ、書物で読んだ通りのものだ。こんなにリアリティに溢《あふ》れる現物を見ることができるなんて、ここに送り込んでくれたイドリース大宰相には感謝しかない。

神ではなくイドリースに祈りながら、アナスタシアは両まぶたの上に手のひらを置く。悪霊を追い払うためのもののようだが、今のアナスタシアの胸の内には邪念しかない。悪霊を祓《はら》うことなどまずできないだろう。

まず絨毯の模様を確認して聖地の位置を見る。一度頭を下げたのちに膝《ひざ》をついて、額を床に押し付けながら何度も礼をするような仕草をした。祈っている間にしなければいけない作法があり、心や身体《からだ》の浄化を行うために身体の色々な部位を床に押し付けるのだ。

その作法を見た見習いのシャーギルドが、礼拝を終えて絨毯から離れるアナスタシアに話しかけてきた。

「……お前、その礼拝作法をどこで習ったの」

その言葉に「ああ」とアナスタシアは目を輝かせて、胸に手を置きながら説明する。

「これは私の教会に置いてあった本に書かれておりました。もちろん私を買い取った方が、教えてくださったことの中にもありましたが」

「これほどまでに完璧《かんぺき》に教わったのか？　祈りの言葉もすべて覚えていたのか？」

そう問いかけられて、アナスタシアは「なるほど」と絨毯の上で祈っている別の女性を一瞥《いちべつ》した。今、祈っているものたちは全員アジェミであり、経典の中身を覚えているわけがない。祈りの言葉は口に出さなくてもいいため、適当に唇を動かしているものが大半だったのだ。しかしアナスタシアは一言一句違《たが》えず、正確に祈禱《きとう》を行っていたのだ。それに見習いのシャーギルドは気づいたのだろう。

「元々書物から学んだ知識もありましたので……ええ、教えていただいたことで、その知識がより身につき、こうしてすべて記憶することができたのですから。大変ありがたいことです。感謝をしてもしきれません」

そうアナスタシアが答えると、シャーギルドは絶句したようだった。しばらく考え込んだ様子をみせると、ゆっくりと口を開く。

「お前、名前を言いなさい」

「ギュッルバハルと申します」

すらりとアナスタシアは改名されたほうの名を口にした。試されていると思ったからだ。

しかしシャーギルドが聞きたかったのは、そちらではないようだ。挑むような目線を向けられ、アナスタシアはその視線を真正面から受け止めた。シャーギルドはゆっくりと口を開く。

「その前の名は？」

「アナスタシアです」

「赤い髪……お前、大宰相の……」

その言葉にアナスタシアは内心苦笑する。どこまでもイドリースの影響力は広がっているようだ。そして同時に、このように新鮮な刺激をもたらしてくれる最高の場所、そこに送ってくれた大宰相に深い感謝をするのだった。

※

アジェミは大部屋に入れられる。アナスタシアもそれは例外ではなく、他のものたちと一緒に十人ほどが寝泊まりする部屋に案内された。しかし、周囲のランプや飾り壺《つぼ》などが珍しく、キョロキョロしている間に置いていかれてしまったらしい。慌てであとを追いかけていくと、大部屋の入り口で騒ぎが起こっているらしく、激しい罵声が聞こえてきた。

「おい、そこの赤い髪の女……よくこんな醜女《しこめ》が！」

一人の女性がアレクサンドラの長い髪を引っ張っていた。

アレクサンドラの顔は大きく歪《ゆが》んでいる。それを周囲にいる女性たちが面白そうに眺めていた。そのうちの何人かがアレクサンドラをあざ笑う。

「規則上、健康であれば千夜宮には入れるのよ。それだけなら顔は関係ないわ」

「それにしても限度があるでしょう。こんなに醜いのであれば、あまりに無様だわ。私たちの気持ちだって憂鬱《ゆううつ》になってしまうもの」

「わかっていないわね。かのスルタンも、たまには変わり種をつまみたいのではなくて？」

げらげら笑う女たちの傍で、アレクサンドラが悔しそうに唇を噛《か》み締めている。おそらくアンヌール帝国の言語がわからないのだ。だが馬鹿にされていることだけは理解できているのだろう。そして反論の言葉を口にしようにも、アンヌール帝国の言葉を喋《しゃべ》ることができないため、何も言うことができないのだ。

「私たちは、かのスルタンを楽しませるために存在しているのに」

「いいわ、行きましょう。どうせこの程度の容姿に振る舞い、すぐに礼儀知らずとみなされて奴隷市場に送り返されるわ」

その女は他の女にそう言って、アレクサンドラの髪から手を離すと、手に持っている携帯式ランプをゆっくりと揺らしながら、その場から離れようとする。そこに、ようやく追いついたアナスタシアが割り込んだ。

「お待ちください。さすがに、そこまで言わなくてもよいのでは？　これから、ずっと仲良くしていくのですから。それに私もこの方も、みなスルタンのものです。勝手に乱暴をして傷つけるような真似《まね》は……」

アレクサンドラを守るため、前に出たアナスタシアを、その女が目を剝《む》いて睨《にら》みつける。

そして周囲の女たちと互いに顔を見合わせた。

「こちらの言葉を喋れるの？　それにあなたも赤い髪……？」

「もしかしたら間違えたのでは……」

「わからないわ、確認したほうが……」

「あの？」

何やらぼそぼそと言い合っている女たちに、アナスタシアは再度声をかける。だがその態度は相手の怒りを買ったようだ。その女は、アナスタシアに向かって片腕を振り上げた。

「うるさいのよ！　アジェミごときが！」

その瞬間、ガシャンとランプが女の手を離れて床に転がった。ランプの水晶部分が砕け散って、その破片が床をはねて、アナスタシアの額を傷つけた。皮膚だけでなく血管まで切ってしまったのだろう、痛みはなかったが酷《ひど》く血が出て顔や髪の毛を赤く染めた。

宦官《かんがん》たちが騒音に気づいて、何事なのかと集まってくる。元凶の女たちは、わっとその場から離れた。そのうちの一人が宦官に近づき、耳打ちしている。おそらく、この騒ぎの原因はアナスタシアだと唆しているのだろう。しかしアナスタシアの見た目の出血が酷いため、まずはそれを介抱したほうがいいという話になったようだ。

周囲の話を聞いていると、どうやら傷が癒《い》えるまで個室を与えられるらしい。それほど、本来スルタンのものである女が、スルタンにお目通りがかなう前に傷をつけられてしまうのは大事であるようだ。そういえばアレクサンドラの髪が引っ張られてはいたけれども、うまく加減されていたことにアナスタシアは気づいた。

膝をついて額を押さえて血の流れを止めているが、思ったより派手に血が出てしまって、床に血溜《ちだ》まりができている。誰もが遠巻きでアナスタシアを眺める中、アレクサンドラだけが近寄ってしゃがみこんで話しかけてくる。

「なぜ口答えしたのよ」

「……突然、何の話ですか？」

「何の話も何も……だからなぜ、あたしを助けるような真似をしたのよ」

――割って入ったことを口答えと言っていたのか。

アナスタシアは、額の血を拭《ぬぐ》いながらアレクサンドラに笑いかけた。

「同郷の方が困っていたからです」

「同郷？　ただ出身が同じだけでしょ。そんなの、あたしを助ける理由になる？　何をされるかわからなかったし、実際に、あなたは怪我《けが》をしているじゃない。こんなに酷い……」

「見た目ほど酷くはありませんから。大丈夫です。心配してくださり、ありがとうございます」

表情を曇らせるアレクサンドラに、アナスタシアは言葉を続ける。

「あなたは私に話しかけてくれたでしょう？　私たちの言葉で。私にはそれが何よりも嬉《うれ》しかったのです」

「……ふざけるんじゃないわよ」

低い声でアレクサンドラは喉《のど》を震わせた。それは、しっかり耳を澄まさないと聞き取れないほどの小さな声だった。

「なんであんたは平気なのよ。あたしたち、奴隷としてここに放り込まれたのよ。奴隷として踏みにじられて……あたしはこんなにも苦しいのに。あなたはそうではないの？」

「アレクサンドラ」

その名を呼んで彼女に触れようとしたが、静かに払いのけられる。

「その名であたしを呼んだら、周りに怒られるわよ」

「今は二人きりのようなもの。誰も聞いていません」

そう言うと、彼女は独り言のように顔を俯《うつむ》かせながら言った。

「なんなのよ……あたしが一人こんなにも嫌な気持ちを抱えて、それでも他の人にこの感情をぶつけないように、こんなに苦しいのに周りにニコニコして、ずっと頑張っているのに。他の人に迷惑をかけちゃ駄目だって、ずっと……」

ゆっくりとアレクサンドラは顔を上げた。その双眸《そうぼう》からは涙が溢《あふ》れている。

「どうして、あたしがこんなに苦しいのに、嫌なのに、周りにニコニコしなきゃいけないの。媚《こ》びなきゃいけないの。そんなのおかしいじゃない」

それはアナスタシアに向けられたものではなく、アレクサンドラの苦痛のぼやきだった。

――このままではいけない。

彼女はだいぶ追い詰められていた。アレクサンドラの表情はかつて教会に逃げ込んできた難民たちのものと似ていた。このまま何も吐き出せないままでは気力を使い果たしてしまう。教会ではそれを休養できる場と信仰で癒やしていたが、この場には何もない。

――どうしたものか。

一人の宦官がアナスタシアに近づいてきた。手を取られたため立ち上がったアナスタシアは、その宦官に連れられて個室へと案内される。あとをついてこようとするアレクサンドラを追い払おうとする宦官であったが、アナスタシアの「傷の痛みを癒やしてくれる話し相手が一人ほしい」との願いに、渋々アレクサンドラの同行を許したようだ。

そして宦官は、アナスタシアたちを個室に案内して、医女を呼びに行った。

個室にて二人きりになったのを確認したあと、アナスタシアは付着した血を傍《そば》にあった布でふいて、綺麗《きれい》になった手でアレクサンドラの手をつかむ。

アレクサンドラは疲弊の色が濃い。

このまま放置していれば自死を選ぶかのようにも思えた。

だからこそ放っておくわけにはいかない。囁《ささや》くようにアレクサンドラに言った。

「アレクサンドラ、苦しいですか？」

「そんなの当たり前よ」

「……ええ、当たり前なのです。媚びるのが嫌だとも、あなたは言いましたよね。その気持ちは、ちっともおかしくはありません。むしろそう思いながらも、こうやって我慢しているあなたは強い人です。でも大事なのは……その強い感情を秘めながらも、あなたはどうしたいのですか？」

「なんでそんなことを、あなたに話さなきゃいけないのよ」

「同郷のよしみです。私が知りたいからではいけませんか？」

そうアナスタシアが言うと、アレクサンドラは顔を歪めながら唇を噛む。

「あたしは……」

アレクサンドラは、ぽつぽつと己の事情を語る。とある裕福な商家の下働きとして働いていたが、実態としては奴隷同然で、自由などどこにもなかったと。その商家が船旅中、海賊に襲われてしまい、ついでのようにアレクサンドラも奴隷として捕まってしまったのだと。

「あたしはずっと奴隷だった。結局こんなところに押し込められて、もう二度と奴隷から解放されないと思うと苦しいのよ」

「奴隷から解放されるため……生きていくためなら、あなたの怒りや苦痛を押し殺すのはおかしくはありません。それに私も平気ではありません。怒っていますよ、もちろん」

その言葉にはっとして、アレクサンドラが顔を上げる。アナスタシアは彼女を見つめて大きくうなずいた。

「私にだってやりたいことがあります。それを邪魔されるのは面白くありませんから。……私は多くの字に触れたい。たくさんの書物を読みたい。いつまでも学んでいたい。そのためにはいつかはここから出ないといけない。つまり、あなたと同じ目的です」

そう言うと、アレクサンドラが安心したように頬を緩めた。

「後宮から出るにはどうしたらいいの」

焦燥感をにじませたアレクサンドラに、アナスタシアは手に力を込めた。

「簡単な話です。スルタンの目に止まらなければいいのです」

その言葉に顔を曇らせたアレクサンドラに、アナスタシアは励ますように言う。

「……良《い》い方向に考えましょう。千夜宮には女が千人以上もおります」

「そんなにいるの!?」

「ええ。本にそう書いてありました。……今日だってかなりの人数のアジェミがこの場に入れられています」

周りの噂話《うわさばなし》を聞けば、スルタンはまだ寵妃《ちょうひ》を決めていないようだ。適当につまみ食いをしては一回きりで伽《とぎ》を終えているらしい。だからこそ数多くの女を入れて、誰か一人でもスルタンの気にいるように取り計らっているのだ。わざわざ大宰相が、奴隷を買い取った上で教育をほどこして千夜宮に送り込んだのも、そういった特別な背景があるようだ。

──私と弟、二人を一緒に買い取ったのは、それだけじゃないようにも思えるけれど。

まだ不安そうな表情をしているアレクサンドラを安心させるように、手に力を込めながら言葉を続けた。

「……つまり、スルタンに見いだされない可能性のほうが高いのです」

快活に笑いながらアナスタシアは、アレクサンドラから手を離すと、いまだ額から流れる血を拭い取った。

「傷がついたのもちょうどいいです。顔に傷があることを理由に、私は一旦《いったん》ここで休めます。周囲のものたちも傷ものの女をスルタンの前には出さないでしょう」

扉の開く音がした。宦官が医女を連れてきたのだ。アナスタシアは、それを見て他のものに聞かれぬよう、アレクサンドラに対して声を落として言った。

「……さぁ、私達の目的のために」

※

しかし平穏はすぐに破られた。個室に休んでいたアナスタシアを宦官が呼んだのだ。千夜宮の大部屋で起きた騒ぎを聞きつけて、母后であるハウラがアジェミへの挨拶《あいさつ》を望んでいるらしい。

アナスタシアは頭に包帯を巻いたまま、アレクサンドラと共に他のアジェミたちと並べられて廊下の端に立たされていた。

一人の小太りの女性が、女官たちを引き連れてやってきた。

その女性は、大きなダイヤモンドの腕輪を身に着けて高級サテンに身を包み、数多《あまた》のエメラルドのついたヘアピンを頭に飾り、優雅に緑色のベールを纏《まと》っている。ドレスはシンプルに、それでいて装飾品は豪華にするのが、彼女の趣向なのだろう。

――ハウラ。

スルタンの母親だ。彼女の夫のセリムは、勇敢王のあだ名にふさわしく、遠征を繰り返して勝利をおさめてきた。しかしその代償は大きかった。結果として、信じられないほどの若さで死んでしまったのだ。彼女は儚《はかな》い間しか夫と共に暮らせなかったことを深く悲しんだ。その悲しみを取り返すかのごとく、息子であるスルタンとの時間を大切にしたいと思っているが、スルタンからは煙たがられているのが実態のようだ。しかし実質、千夜宮を支配しているのは彼女で、その影響力は健在らしい。

実際、彼女の表情は、この場を好きに支配できる自信に満ちあふれていた。

「母后よ、頭を下げなさい。視線を合わせては駄目よ」

隣のアレクサンドラが言ってくる。先程の大部屋でアナスタシアのいない間に礼儀作法を聞いたのだろう。それをアナスタシアに教えてくれているのだ。アナスタシアは、おとなしくそれに従うことにした。

「挨拶が遅くなってごめんなさいね。なにせ毎日のように、大量の新参者が千夜宮に入ってくるものだから。本来は、それ専用の間にて挨拶をするのだけれど、時間がなくて。こうして廊下に立たせることを許してちょうだい」

そう言いながらハウラは、ゆったりとした足取りでアナスタシアの前に立つと、顔を上げるように促した。それを受けてアナスタシアも顎《あご》を持ち上げる。

ハウラは、舐《な》めるような視線をアナスタシアに向けながら告げた。

「あなたがアナスタシア？……ああ、ギュッルバハルに名前を変えたのだったかしら」

「はい、母后様。春の薔薇《ばら》を意味する素晴らしい名前を与えてくださり、大変感謝しています」

「なるほど、既にこちらの言葉がわかると聞いていたけど、喋《しゃべ》ることもできるのねぇ。……とても流暢《りゅうちょう》なのね。改名の意味もわかる……ずいぶん博識なのね」

——瞳《ひとみ》は笑っていない。

ハウラはアナスタシアを値踏みしている。己の野心の邪魔にならないかどうか探りを入れているのだ。このようにぎらぎらとした双眸を向けられれば、いやでも彼女の真意を悟ってしまう。

そこに一人の後宮妃が割り込んできた。視線をやれば、彼女は二階からアナスタシアを見下ろして本の紙片を破った准夫人だった。彼女は慌てたようにハウラに言った。

「母后様、口を挟むことをお許しください。そこの女は大部屋で騒ぎを起こした元凶です。我が従者に手を出し、貴重なスルタンの所有物であるランプを壊したのです」

「准夫人ごときが私に何を言うの？」

だがハウラはその准夫人の言葉を一蹴《いっしゅう》した。

「あなたの従者が、この女を傷つけたようね。やるなら、うまくやりなさい。この千夜宮にいる女は全員スルタンのもの。あなたが勝手に手を出していいものではなくてよ」

「……！　ですが！　この女は！」

「あなた、私に口答えをするの？」

「私は千夜宮には不要な女がいると進言しているだけです」

「そう、あなた程度の奴隷が、立場がわかった上で私に意見するの？」

「……！」

ハウラの言葉に准夫人は頬を紅潮させた。ハウラは構わずアナスタシアに話しかける。

「お前、傷を早く治しなさい。熱は？」

「少し熱っぽいかもしれません」

「それはいけない。まさか大部屋かしら？」

「いいえ、今は傷が癒《い》えるまで個室を与えられています」

そう答えるとハウラは満足そうに口の端を吊《つ》り上げた。

「そう、それならよかったわ。宦官《かんがん》、しばらく私が良しとするまで、このものに部屋を与え続けるように。いつまでも顔の包帯が取れないようでは困るわ。そんなみっともない姿で私の息子の前に出ないで」

それは紛れもなくハウラの牽制《けんせい》だった。ハウラはアナスタシアに目立ってほしくないと考えている。

なぜならアナスタシアは、大宰相イドリースの送り込んだ奴隷だ。もし万が一、アナスタシアがスルタンに気に入られてしまえば、母后ハウラと大宰相イドリースとの力関係が崩れてしまうのだろう。だからハウラは、静かにアナスタシアを千夜宮の隅に追いやり、スルタンの寵愛《ちょうあい》を受けないように妨害したいと考えているのだ。

――それは、こちらも望むところ。彼女の言葉に従《したが》うとしよう。

だが准夫人には、そんなハウラの思惑を汲《く》み取ることはできなかったようだ。まるでアナスタシアが特別扱いされたかのように見えたのだろう。悔しそうにアナスタシアを睨《にら》みつけていた。

やがてハウラが立ち去ったのち、准夫人はアナスタシアに顔を近づけて耳打ちした。

「明日《あした》の朝、私のところに来なさい。そして私の部屋の掃除をあなたがするのよ」

驚いたアナスタシアは顔を上げた。そんなアナスタシアの反応を見て清々したのか、准夫人は意気揚々とした表情で、その場から離れていく。

そんな様子を眺めていたアレクサンドラが、焦燥した顔つきでアナスタシアに話しかけてきた。

「だ、大丈夫？」

アナスタシアは、ぱあっと顔を輝かせると彼女の手を取った。

「聞いてください！　今日はなんと素晴らしい日でしょう。私は大部屋と個室だけではなく、明日は准夫人様のお部屋も訪れることができるのです！」

「――は、はあ⁉」

「ああ、一体、准夫人様のお部屋は、どのような装飾がなされているのでしょうか。個室の天井の吊りランプは、精巧な水晶と見事な黄金で素晴らしかったです。果たして准夫人様のお部屋のランプは、どのようなものでしょうか！」

「いや、あなた、あの……」

「ああ、明日が楽しみです。絵画でしか見たことのない吊りランプを、こんなにも沢山目にすることができるなんて……今日という日、そして出会いに感謝です！」

「そ、そう……よかったわね。あなたが嬉《うれ》しそうで何よりよ」

目を丸くするアレクサンドラを見て、アナスタシアは頰に手をやり、うっとりと息をつくのだった。

※

翌日、アナスタシアは意気揚々とした足取りで、准夫人の部屋に向かっていた。彼女の部屋がどこにあるかはわかっている。最初に彼女を見かけた場所、居住区の二階のとある一室だ。

掃除道具がどこにあるかわからなかったが、近くの宦官に話しかけて尋ねればいい。

「アナスタシア、どこに行くのよ！」

声をかけられ、アナスタシアは足を止める。階段の下から呼び止めたのはアレクサンドラだ。彼女は慌てた様子でアナスタシアの元に駆け寄った。

「掃除に行くのでしょう？　私も手伝うわ」

「ありがとう」

一人でいるよりは心強い。アナスタシアは浮かれた心持ちのままアレクサンドラと共に淮夫人の部屋に向かった。扉は少し開いていた。一声かけたが反応はない。互いに顔を見合わせたのちに淮夫人の部屋に入る。

「あら？」

アナスタシアは首を傾《かし》げた。

淮夫人の部屋は妙に整頓《せいとん》され、がらんとしていた。淮夫人ともなれば、もっと宝石箱や衣類を詰め込む大きな鞄《かばん》などがあってもおかしくはない。違和感はそれだけではない。アナスタシアは寝台に触れた。そこで一晩明かした痕跡《こんせき》すらなかった。

――夜、ここに戻っていない？

違和感については、アレクサンドラも気づいたようだった。愕然《がくぜん》とした顔をアナスタシアに向けている。

戸の傍《そば》を宦官が通り過ぎたため、アナスタシアは慌てて呼び止めた。

「ここの部屋の掃除を頼まれていて……この部屋の主《あるじ》のかたはどこに？」

そう問いかけると宦官は無表情のまま首を横に振った。「その部屋にはもう入るな」とだけ言って、そのままさっと立ち去っていく。

アナスタシアが再び呼び止める隙もなかった。

――どこに行ったのだろう。

准夫人に仕えていた従者の気配もない。

吊りランプを観察する余裕も持てずアナスタシアは部屋を出た。

周囲を見渡すと、一階にその准夫人に仕えていた女を見つけたため、慌ててアナスタシアは階段を降りる。そうして彼女はその女に話しかけた。

「……あの……」

その女は、ゆっくりとアナスタシアのほうに顔を向けた。

そういえばアナスタシアは、目の前にいる女の名前も准夫人の名前も両方知らない。どう言葉にしていいかわからず、たどたどしく話をした。

「あの、私はあなたが傍にいた准夫人様の……二階にいた……わかりますよね？」

だがその女も、先程の宦官と同じく無表情のまま首を横に振った。「部屋には誰もいなかった。部屋には入るな」と淡々とした口調で告げて、そのまま逃げるようにしてアナスタシアの傍から去っていく。

一体、どうしたのだろう。

まるであの准夫人など、どこにもいなかったかのようだ。

「消されたのよ」

背後からアレクサンドラの声がした。

アナスタシアがおもむろに振り向くと、蒼白《そうはく》な顔をしたアレクサンドラが立っていた。

「母后に逆らったからだわ。だから……」

――アレクサンドラ。

呆然《ぼうぜん》と立ち尽くすアレクサンドラの肩をアナスタシアは支えた。よろよろと身体《からだ》を傾けて歩く彼女を、フロアの隅に連れて行く。

「こんなの……許されていいわけがないわ」

アナスタシアはそう言うアレクサンドラを、無理やりしゃがませると、背中を優しくさする。

「良《い》いのです。思う存分、吐きましょう」

「どうして？」

アレクサンドラは嗚咽《おえつ》をこらえながら、唇の端から唾液《だえき》を垂らして言う。

「……どうしてあなたは平気なの。こんな腐った肥溜《こえだ》めのような場所なのに。なぜ……」

「肥溜めなんかじゃありません。少なくとも私にとっては」

そう言ってアナスタシアは、天井から吊り下がった装飾品を指差した。

「見てください、あの至宝を」

黄金の表面は真珠やトルコ石で飾られており、金属片にはめられた大きな水晶の下にはきらきらと輝くサファイヤが配置されている。アンヌール帝国を象徴する植物模様が、この飾りにも精巧に彫られていた。

「あれは他の装飾品と違って品があります。……そう、おそらく献納品の一つだったのでしょう。このように、ここで培われる文化は宝石です。それを鑑賞できるというのなら私はいくらでも強くあれます」

そんなアナスタシアの言葉を聞いてアレクサンドラは、ぽかんと口を開く。唇の端についていた唾液を拭《ぬぐ》うと、目を瞬《まばた》きしながら問いかけてくる。

「あなたは馬鹿なの？　それとも空気を読めないだけ？」

「馬鹿なのだと思いますよ。……でもそんな馬鹿でもわかることはあります。死んでは無意味なのです」

アナスタシアはアレクサンドラの手を取った。アレクサンドラは唾液にまみれた手に触れられることを嫌がる。しかしアナスタシアは気にしなかった。力強い声で言う。

「生きていくために努力をしましょう。アレクサンドラ、あなたはどうしたいですか？」

「あたしはここから出たい。奴隷の身から解放されたい。もう自由を縛り付けられるのは嫌。外に出たい」

周りに聞こえないように、それでもはっきりとアレクサンドラは言葉を続けた。

「あなたは前に、スルタンの目に止まらないようにすればいいと、あたしに言ったわよね。具体的にどうすればいいのよ。それだけじゃ千夜宮からは出られないでしょ!?」

苦しむアレクサンドラを労《いたわ》るように、アナスタシアは答える。

「自分を磨きましょう。パシャたちに下賜されるように。彼らには見出《みいだ》されるように」

アンヌール帝国の各高官をパシャと呼ぶ。

アナスタシアはアレクサンドラから手を離すと、ゆっくりと立ち上がり周囲を見渡した。

「私の目的も同じです。ここを、いつかは出なければ。今はすべてが新しく目に映ったとしても、そのうち飽いてしまうでしょう」

もう一度、先程眺めた吊り下がった装飾品を一瞥《いちべつ》した。先程よりは色あせたように思えるし、初見であれだけ強く覚えた感動も薄くなっている。

「そうなる前に、早くここから出るための下準備を整えなければ」

そう呟《つぶや》いたアナスタシアを眺めながら、アレクサンドラがぽつりと漏らす。

「あんた、どういう生き方したら、そうなるのよ。なんなのよ。それで地味に生きたいって無理じゃないかしら」

「なにがです？」

「……いいえ、なんでもないわ」

そう言うアレクサンドラは、少しだけ明るさを取り戻していた。

※

「起きて、アナスタシア」

アレクサンドラの声にアナスタシアは目を覚ます。慌てて起き上がると、まだ暗い。朝になっていない。その事実に困惑しながらアレクサンドラを見ると、彼女は険しい声で言ったのだった。

「千夜宮に大宰相がやってきたのよ。アジェミを全員呼べと言っているわ。あなたも来いとの宦官《かんがん》長のお達しよ」

――大宰相イドリース！

アナスタシアと弟を奴隷として買い取り、教育をほどこした男だ。

まさか大宰相がアナスタシアに会いに来たわけではないだろう。

だが嫌な予感はする。同時に、大宰相としてやってくるあの男が、どういう衣装を着てくるのか楽しみではあったのだが。

「怪我《けが》した状態でもいいのでしょうか？」

「さあ？　スルタンじゃないから大丈夫なのでしょ。それよりも早く……」

アレクサンドラに急かされて、アナスタシアは身なりを整えて部屋の外に出る。そして大勢並べられたアジェミたちの末尾に立ち並んだ。誰とも目を合わさないように、そっと顔を伏せる。

忙《せわ》しない人々の気配がする。アジェミを一人一人確認しているようだ。やがてアナスタシアの前までやって来る。強い視線を感じたが、アナスタシアは顔を伏せたままじっと耐えた。

「不快だ」

――不快とは？

アナスタシアが、その言葉に困惑していると、やがて深いため息をつかれた。そのまま目の前の人物は離れていった。

――大宰相だったのだろうか。

イドリースたちは何やら誰かを捜している様子だったが、千夜宮にその人物がいないとなると、忙《せ》しなく出ていったようだ。

夜分に起こされてしまったアジェミたちは、苛立《いらだ》ちを隠そうともせず大部屋に戻り、その様を女官長に叱責《しっせき》されていた。それを横目で見ながら、アナスタシアも元の個室に戻ろうとしたが、そこを一人の女官に呼び止められる。

「どうして二階の空き部屋に入ったの？　あれだけもう入るなと言ったでしょうに！」

「何の話ですか？」

アナスタシアに話しかけてきたのは、行方不明になった准夫人の従者だった女だ。顔を真っ青にして唇を震わせている。

心当たりのないことを突然言われてしまい、アナスタシアは首をかしげる。

「ふざけたことを。この千夜宮で目立つような真似《まね》はよしなさい。死ぬわよ。ただでさえ賊がここに入ったなどと騒ぎが起こっているのに」

「騒ぎが起こるのはまずいのですか？」

そうアナスタシアが問いかけると、その女は顔を真っ赤にした。

「こっちに来なさい」

そう女は言うとアナスタシアを廊下の隅、柱の陰に姿を隠せる場所まで引っ張った。

「千夜宮では、良からぬことを起こしたい輩《やから》がいる場合、必ず妙な騒ぎが起こるの。騒ぎに乗じて何かやろうとしているからよ。これは警告のようなもの」

「警告ですか？」

「そうよ。ここの出入り口は二つしかないわ。祝福の門と馬車の門。その二つの門は厳重に警備されている。宦官以外で出入りを許されているのは大宰相のみ。その意味がわかるでしょう？……千夜宮には賊が入るわけがないの。今はありえないことをあったかのように言っている異常事態なのよ」

女の言葉にアナスタシアはなるほどと思う。軽くうなずいた。

――この方はとても優しい方だ。

仕えていた准夫人が、本当に母后の手により人知れず殺害されたのなら、こうして目立つことをすることすら危ういのだ。それなのに彼女は新参者であるアナスタシアを気遣い、忠告してくれている。

目を吊《つ》り上げた女は、唾を飛ばすようにして厳しい口調で言った。

「いい!? 入ってはならぬ場所があることを理解しなさい。二度と目立つような真似はしないように！ 私の叱責程度で済んだこと、この程度で片付いたことをありがたく思いなさい」

――ああ、この方は己よりも他者を重んじられるのだ。

遠回しにアナスタシアに対して配慮をしている。危ない目にあわぬよう、それでいて妙な肩入れにも見えぬように、どちらにも配慮してアナスタシアを守っているのだ。

――この場所は肥溜めなんかではありません、アレクサンドラ。

密《ひそ》やかに忍び込む闇夜のように、人の命の駆け引きが行われたとしても、それでも当たり前のように人の優しさは息づいている。

嬉《うれ》しくなったアナスタシアは頬を緩めた。

「はい、申し訳ありませんで……」

そう頭を下げながら、ちらりと女を見ると、彼女の顔は強張《こわば》っていた。アナスタシアの後ろを凝視している。

何も言わずに、そそくさと女は、アナスタシアの傍《そば》から離れていった。

急に態度を変えた女の様子を怪訝《けげん》に思いながらも、アナスタシアはゆっくりと、その女が見ていたほうに顔を向けた。

そこには黒いシュールを頭に巻いた宦官がいた。先程の女は、アナスタシアとの会話を彼に聞かれたと思い、逃げ出したのだ。

「色々下手くそだね、君。思わず観察しちゃったよ」

「――は？」

急にかけられた言葉に動揺していると、その宦官はズカズカとアナスタシアに近寄ってくる。アナスタシアは目を丸くしながらも、失礼のないように挨拶《あいさつ》をした。

「お騒がせして申し訳ございません」

「こちらこそ、興味深かったから、つい。……君、ああいう態度とっていると、そのうち殺されるよ」

宦官は、アナスタシアをじろじろと舐《な》め回すように眺めている。周囲が暗く、よく見えないからだろう。彼の顔の形はよく見えないが、顔を覆ったシュールの合間から見える瞳《ひとみ》は碧色《あおいろ》だった。宦官にも黒人と白人の二種類がいる。彼は白人宦官なのだろうか。

彼は少し考え込むような仕草をすると、ゆっくりと手を伸ばし、アナスタシアの髪の一房を手に取った。

あまりにその所作が優美であったため、どきりと胸が高鳴る。

宦官らしからぬ、その態度に驚いているアナスタシアに、彼は話しかけてくる。

「……よく見えないな。君、僕とどこかで会ったことない？」

アナスタシアは彼の纏《まと》う雰囲気に覚えがあった。声も聞き覚えがある。

——まさか、彼は。

だが、ありえないと首を横に振る。彼は男だ。男は千夜宮に入ることができない。例外なのはスルタンの信頼の厚い大宰相イドリースのみだ。

もし彼がイドリースの屋敷で出会った、あの男だとしても、それに気づいたということを悟られるわけにはいかない。アナスタシアは表情を引き締めた。

彼は、ふうと息を吐き出しながらアナスタシアの髪を眺めて言ってくる。

「赤髪……だよね。イドリース大宰相に送り込まれた女って、君のこと？」

「そうですが……。わ、私は千夜宮の女奴隷で、スルタンのものです。このようなことは控えていただかないと……」

「ああ、そうだった。千夜宮の女はそういう扱いだったね。申し訳ない」

そう言いながら彼は何度か、アナスタシアの髪の毛を指で擦《こす》った。謎の動きに首を傾《かし》げていると、やがて彼は「ああ、これは間違いなく地毛だね」と呟いて、ぱっと、アナスタシアの髪から手を離した。

——あまりに宦官らしくなさすぎる。無礼だ。やはり、彼は、もしかしたら……。

だが、しょせんアナスタシアは千夜宮の新参者だ。何か言える立場ではない。明らかに大宰相イドリースに迷惑をかけるような厄介事は避けたほうがいいだろう。

疑わしい気持ちを込めて視線を送っていると、彼は、ふっと笑った。そして一転、冷え切った双眸《そうぼう》で、こちらを見下ろしてくる。

「……君がかの大宰相の女奴隷なら、君の……」

そこまで言いかけて、彼は皮肉げに唇を吊り上げた。そうして首を横に振りながら、アナスタシアに告げてきた。

「生きづらそうだね、君も、弟も」

——可哀想《かわいそう》に。

そう言外に言われたような気がして、がつんと頭を殴られたような感覚だ。

「私は後宮に来て満足しています。だってここには、私の欲しかったものが、あるのですから！」

事実だ。こんなふうに感情的になるのは珍しく、アナスタシアは少しだけ息を荒げる。

その言葉を聞いて、碧眼《へきがん》の宦官は軽やかに笑う。

「面白いことを言うんだね。だけど、だからこそ大変そうだね。頑張ってね。死なない程度にね。死んだら、何もかも終わりなのだから」

そう言い残して宦官は立ち去っていった。

あまりにも風変わりだ。何者かが宦官に扮《ふん》していたとしても、おかしくはない。だが、どちらにせよアナスタシアには確かめる術《すべ》はない。

――それにしても、一体、自分は誰と間違えられたのだろうか。

アナスタシアは、自問自答しながらも、薄々その答えを察していた。

※

与えられた個室に戻ってきたアナスタシアは違和感に気づいていた。

布団の位置が違う。椅子の上に載せてあったクッションに近づき触ってみれば、人肌程度の温《ぬく》もりも残っている。

先程まで誰かが座っていた感触を確認して、アナスタシアは静かに呼びかける。

「あの、誰かいませんか？」

答えは返ってこなかったが人の身動《みじろ》ぎした気配がした。

「困りました、人を呼んできたほうがいいのでしょうか」

わざとらしく声を出してみながらも、先程の女の言葉を思い出して口をつぐむ。騒ぎを必要以上に起こすことはない。ならこのまま気づかなかったふりをして部屋を出ればいいのだろう。そう、侵入者がアナスタシアに無関係であればそれが許された。

アナスタシアは小さく息をついて声を出した。

「嘘《うそ》よ。気づいてないことはないわ。そこにいるのでしょう。アレクセイ」

アレクセイ――弟の名だ。

ランプに灯《とも》された光の陰から、不安に満ちた顔をのぞかせたのは見慣れた愛《いと》しい家族だった。品の良《い》い金のかかった光沢のある衣類を纏っているが、その衣装は女のものだ。おそらく後宮内で盗んで着替えたのだろう。彼の手には元々着ていたらしい衣類が抱えられている。彼は暗い面持ちのまま、たどたどしく言葉を発した。

「どうして？」

「手がかりはいくつもありましたから」

イドリースの訪問、千夜宮に入るには限られた手段しかないこと、アナスタシアとそっくりな人間がうろついていたと思われる話。これらをまとめれば、弟がこの千夜宮に来ていたとしてもありえない話ではない。

「おおかた無理を言ってイドリース様を困らせて、その隙に逃げ出したのでしょう。あなた、隠れんぼは得意でしたから」

「……それは」

アレクセイはアナスタシアの言葉を肯定も否定もしなかった。ただ寂しそうに告げる。

「どうして、そんなよそよそしい態度を取るんだよ、姉さん」

「あなたは、私とは違って内廷で働けるように、引き続き勉学に努めていると大宰相様から聞いております。もはや私とは立場が違うのです。それなのに……アレクセイ、どうしてここに？」

「姉さん、お願いがあるんだ」

そう言いながらアレクセイはアナスタシアに詰め寄った。

「頼むよ。聞いてくれないと僕が殺されてしまう」

「ずいぶん物騒ですね。一体、何があったのですか？」

「……ノスマン大公閣下は知っている？……僕は彼の臨時の書記官《キャーティブ》に選ばれたんだ」

ノスマン大公とはスルタンに寵愛《ちょうあい》されている、最近アンヌール帝国に征服されたカルス帝国支配下にあった小国の主《あるじ》だ。その聡明《そうめい》さをスルタンに買われて、いまだに大公と呼ばれることも許されるほど、特別扱いされていることで有名だ。千夜宮でもかなりの美形だと噂《うわさ》されていた。

書記官といえば、カルス帝国での意味で考えると、文書の手続きを行ったり、財政に関する事務を執り行ったりする官僚のことを指すように思えてしまう。しかしカルス帝国の書記官よりアンヌール帝国のそれは、広義的な意味で用いられていることが多いようだ。アンヌール帝国では、内廷や外廷において、実務的な作業を執り行う官僚を書記官《キャーティブ》と呼んでいるらしい。そうはいっても結局は行政文書メインで働くことが多いようで、書記官としての資格も存在しているらしいが、実態としては形骸化《けいがいか》しているようだ。書物に書かれてある程度しか知らず、詳しい業務内容まではアナスタシアもわかっていない。

「特例中の特例ではありませんか。光栄なことでしょうに」

もちろんその特例には、何か事情があるのをアナスタシアも察している。

「とんでもない」

唇を震わせながら恐怖を伝えるアレクセイをアナスタシアは不審に思う。だがその不審を表に出さないよう彼の様子を窺《うかが》った。

「詳しくは言えないんだけど……とにかく僕には無理なんだ」

「無理？　だから逃げ出したのですか？　だからといって私に会ってもどうしようもないことでしょうに」

「そんなことはないよ。僕が選ばれたのは、両親が司祭で戦火を逃れてきた人たちを教会が受け入れていたから。外国語に自然と触れ合うことになり、書物を読むことで学んでいったから。なら……！」

アナスタシアは察した。弟はとんでもないことを口にしようとしている。

「姉さんだって、いけるはずだ」

「アレクセイ……」

「どうか僕と入れ替わって、書記官の仕事をしてほしい。一日だけでいいから。今は自信がなくて無理なんだ」

「自信がない……？」

そう怪訝《けげん》そうに言うと、アレクセイが涙を流しながら、大きな身振りで訴えてくる。

「ああ、一日だけのお願いだ。考える時間がほしいんだよ。今の僕だときっと書記官の仕事を失敗してしまう……そしたら僕はどうなるかわからない。とにかく一日時間をくれたら僕の心も落ち着くと思う。とにかく僕の代わりをしてほしいんだ。背丈も顔もそっくりだし、声は姉さんが少し低めに喋《しゃべ》ってもらえたらそれでどうにかなると思うから」

そう嗚咽《おえつ》を堪《こら》えながら語る彼の身体《からだ》をアナスタシアは眺めた。彼の言う通り、アナスタシアが彼と別れる前より、ずっと頬はこけてやせ細っている。これならアナスタシアが彼のふりをすることも可能だろう。

きっと、先程出会った男もアレクセイを捜して、大宰相イドリースの手引で、宦官《かんがん》に扮して千夜宮に忍び込んでいたのだろう。どうしてだかアナスタシアの脳裏に、彼の姿がよぎる。その、こびりつくような違和感に、アナスタシア本人も戸惑う。

そのとき、がたんと戸の開く音がした。慌ててアナスタシアが振り向くと、そこには大部屋からやってきたアレクサンドラがいた。

「ちょうど良かったです」

そうアナスタシアが言うと、アレクサンドラは「どういうこと？」と返答した。そしてアレクサンドラは、アレクセイの顔をまじまじと眺めると、驚いた顔をした。

「同じ顔が二人……？」

「私の弟です。年子で、双子ではありませんが」

「だ、だから、どういうことなのよ？」

怪訝そうに尋ねてくるアレクサンドラにアナスタシアは状況を説明する。

困惑しているアレクサンドラにニコリと微笑《ほほえ》んでから、アナスタシアは固まっているアレクセイに話しかけた。

「あなたの話はお受けします、アレクセイ」

アナスタシアの言葉にぱあっと顔を輝かせるアレクセイに、忠告する。

「誤解しないでください。あなたを甘やかしたいわけではありません。もしあなたが無様な真似《まね》をすれば、もしかすると、どこかに居る私達の両親にも迷惑がかかるかもしれません。あなたが選ばれた理由に私達の出自がかかわっているというのであれば、私達の両親も人質……イドリース様の管理下に置かれていると考えたほうが自然でしょう。それに……」

そこでアナスタシアは、頬に指を添えてにんまりと笑った。

「それ以上に面白そうです。嫌かそうでないかと言ったら、是非、書記官とやらの仕事に携わってみたいです。それもまた私の一つの本音ですから」

「…………いや、あんた、それ」

日を細めながらアレクサンドラが突っ込んでくる。

「さっき、あなた、あたしに言ったわよね。千夜宮を出たいって。そんなことしたら、命にかかわるんじゃないの？　大丈夫なの？」

それを聞いてアナスタシアは無言のままニコニコと微笑んだ。

「待って、なによその表情」

少し身体を引いて警戒する様子を見せるアレクサンドラに、そっとアナスタシアは擦り寄り、彼女の手を素早く取る。

「ええ、そこでお願いがあるのです、アレクサンドラ」

そしてアナスタシアはアレクセイを見つめながら言葉を続けた。

「申し訳ありません。この子を部屋に置いていきます。うまく匿《かくま》って、ごまかしてくださいませんか」

「……は、はあ、それで、あなたはどうするのよ」

「彼の代わりに書記官としてイドリース様のもとに出ます」

きっぱりと言い切ったアナスタシアに、アレクサンドラは目を丸くした。

「まさか本当にこの子と入れ替わるつもり？　髪の毛はどうするの……？」

アレクサンドラの問いかけにアナスタシアは微笑みで答え、近くに飾ってあった装飾用の短刀を手にすると、豪華に彩られた鞘《さや》から引き抜いて、その刃で髪をざっくりと切った。

ばらばらと床に髪の毛が散らばる。

「……額の傷はどうするの」

「化粧でごまかします」

「アナスタシア、そんな……」

啞然《あぜん》とするアレクサンドラに、アナスタシアは髪を整えながら言う。

「お願いがあります。私のいない間、私の代わりになってください。私たちは、まだ来たばかりの新参者。その上、私は母后に命じられて、傷が癒《い》えるまではこの部屋にいなければいけない。その状況を利用して、あなたはこの部屋を出入りして、何とか私がこの部屋にいるようなふりをしてください」

そして短刀を床に置いて深々と頭を下げた。そんな彼女を見下ろしてアレクサンドラは嘆息混じりに言う。

「……あなた、ずるい。そんなことされたら、あたし、断れないじゃない」

「はい、私はずるい女です」

そう言いながらアナスタシアは顔を上げて肩をすくめた。

アレクサンドラも苦笑して返す。

「わかったわ。あなたの言う通りにするわ。うまくいくかはわからないけれど」

「大丈夫ですよ」

そう言ってアナスタシアは曖昧《あいまい》に笑う。

「アレクサンドラ、大丈夫かどうかと尋ねましたが、その質問の答えは大丈夫ではありません。ですが仕方ありません。好奇心が勝ったのです。私は書記官という立場で世界を見てみたい。それが私の命と天秤《てんびん》にかけるような行為であっても」

「大丈夫と言ったりそうでないと言ったり、あなたも忙しい人ね」

「そうですね」とアナスタシアは苦笑しながら、困惑しているアレクセイに顔を向ける。

「さあ、アレクセイ、あなたの衣装を貸してください。そして今、イドリース様はどこにいるのかを教えてくださいますか？」

※

「イドリース様！」

アナスタシアは宦官に連れられてイドリースの前に出された。

ここは千夜宮と外廷を繋《つな》ぐ馬車の門付近だ。馬車の門に向かう途中の廊下でアナスタシアはうろうろして不審な行為を見せつけ、わざと宦官たちに捕まったのだ。

イドリースは白いターバンを頭に巻き、植物模様の黄土色をした長衣《ながぎぬ》に薄緑の上着、紅色のズボンを身に着けていた。ターバンは羽をあしらった豪華な飾りがついており、それが彼の褐色の肌や闇に染み込むような黒い髪と双眸《そうぼう》、堂々とした表情によく似合っていた。

「……………不快」

イドリースは怒りに満ちた声でアナスタシアに話しかけてくる。

──ああ、やはり、あの声はイドリース様。

納得したアナスタシアは心中でうなずいた。弟と一緒に買われたが、彼はアレクセイに関心が強く、アナスタシアと接することが少なかったため、声まではっきりとは覚えていなかったのだ。

「ようやくか」

「はい、こちらに」

そう言ってアナスタシアはその怒りを真正面から受け止めながら、うっすらと目を細めて微笑んだのだった。

第二章　ノスマン大公の選択肢

げる。

「人変申し訳ありませんでした」

イドリースの前に突き出されたアナスタシアは、低い声を心がけながら、頭を深々と下

今のアナスタシアは、アレクセイの着ていた服を身につけ、その上に布を纏《まと》っている。

それを剝《は》ぎ取られる前に、アナスタシアにはなすべきことがあった。

イドリースからは、苛立《いらだ》ちと怒りに満ちた圧迫感が伝わってくる。当たり前だろう。どのような事情があったにせよ、仕事を放り出して逃げたのだから。

大宰相イドリース。賊に捕まり奴隷として売られていた、アナスタシアとアレクセイを買い取った男だ。アナスタシアたちと同様、元々他国からきた軍人奴隷上がりだったが、スルタンにその才能を認められた上に、武功を評価されたことで大宰相へと成り上がった。その権威は広範囲に及び、本来小姓頭や宦官長、女官長や母后の支配する千夜宮にも、ある程度は口をはさむことができるようだ。また周囲の話や書物に書かれてあった話によれば、どうやら己の経験を基にして、奴隷周りの教育制度を整備しようとしているようだ。

アナスタシアたちを買い取ったのもその一環だろう。

——アレクセイを特例として書記官《キャーティブ》に仕立て上げようとするのをみるに、それだけではなさそうだが。

だがその裏にある、アレクセイが命の危険を感じるような事情まではわからない。それを詳しく聞き出す時間がなかったからだ。

イドリースは人払いをするために、周囲のものたちに目線を送った。近衛兵《このえへい》までもが話の聞こえない場所に離れたようだ。それを確認してイドリースが話をしだす。

「ほう、一度逃げたくせに、態度が悪いな。どういうつもりだ」

「……こういうつもりでございます」

そこまで言うとアナスタシアは、布の内側から個室にあった装飾用の短剣を取り出した。

周囲にいた近衛兵たちがどよめく。それをイドリースは制すると冷静に告げてきた。

「お前は馬鹿ではない。そんなもので、事態が変わるわけなどないとも、知っているだろう」

「ええ」

そう言って顔を上げずに笑うと、その様子のおかしさにイドリースは面食らったようだ。

その隙を狙い、アナスタシアは自分の喉元《のどもと》を短剣で切りつけた。「おい！」と焦燥感を滲《にじ》ませて短剣を摑《つか》んできたイドリースをまっすぐ見据えながら、アナスタシアは言った。

「お願いがございます。私は家族が愛《いと》おしいのです。逃げてしまったのも姉に会いたいがゆえ。どうか一晩、姉と過ごすことをお許し願えないでしょうか」

目の前でぶるぶると短剣の刃が震えるのを、冷静な面持ちで眺めていると、イドリースが慌てた声を出す。

「……そのようなことはスルタンの許可なしにできぬ」

単に力勝負であればイドリースの勝ちだ。しかし喉元に刃が触れている以上は下手に力を入れるわけにはいかない。だからまだアナスタシアが優勢だ。

「でしたら許可を。でないと私はここで……」

そこまで言いかけて柄《つか》に力を込めてさらに喉に刃を刺し通そうとするが、イドリースが止める。ぽたぽたとイドリースの手から血がこぼれ落ちた。

「わかった、やめろ。お前の頼みを聞けるかどうかはわからないが、努力する。だからまずは」

そこまで言われたアナスタシアは、わざと柄を持っていた手の力を緩める。

イドリースは短剣をアナスタシアの喉元から引き離し床に放り投げた。

「不快だ！」

乾いた音を立てて床に転がる短剣を眺めながら、アナスタシアは床にしゃがみ込む。

――かかった。

男と入れ替わったときに、まず違和感を持たれるのは声と喉仏《のどぼとけ》だ。それを正当な手段で傷つけることができた。これで喉元を包帯や布で隠したところで、不審には思われないだろう。

「今、お前に死なれたら困るのだ」

そう言われてアナスタシアはイドリースに抱えられた。意識を失うふりをしながら、そっと周囲の様子を窺《うかが》う。イドリースの心配そうな表情が見えた。

——ここまで弟は大事にされているのか。

イドリースの態度を少し大げさなように感じながらも、下手に医師に触れられるわけにはいかないため、治療も適度に抵抗しなければいけないことが面倒だとアナスタシアは考えていた。

※

そもそもアナスタシア——アレクセイが臨時に書記官として選ばれたのには、現在の世界情勢によるある特別な事情があった。

アンヌール帝国は、隣国であるカルス帝国という大国を征服したばかりであった。しかしスルタンはそのままカルス帝国の民を支配するのではなく、改宗さえすれば、彼らに従属国の中では特権階級を与え、アンヌール帝国の民と同等の権利を持たせて、積極的に国政に関わらせるような宥和《ゆうわ》政策を推進したのだ。そのために宮殿学校にも数多《あまた》の外国人を入学させるように整える必要があった。身分を問わず外国人でも、改宗さえすれば学び働く機会を与えるということで、その政策の象徴として従属国初の書記官を臨時で採用することにしたようだ。

イドリースの屋敷《やしき》に連れ戻されたアナスタシアは、簡単に介抱されたのちにアレクセイの私室に幽閉された。そこに残されていた書物を夜通し読んで、自分の置かれた立場を理解することに努めたのだった。

「――だからこそ責任重大なのですね……」

臨時でアナスタシアの遣わされる宮殿学校は、数多の優秀な子供たちが自国だけでなく、あちこちの外国からも集められ、もっとも優秀なものが官僚として抜擢《ばってき》されるように作られた場所のようだ。イドリースもここで学んで、今のスルタンに見いだされたらしい。

カルス帝国内の小国には、首都が占領されながらも、いまだ根強い抵抗をしているところも多く、そこで占領した国の改宗した民をあえて手厚く保護して自由を許していることを見せつけることで、その抵抗を弱めようとする狙いもあるようだ。

ただイドリース自身は宮殿学校で学んだことで、そもそも恩義を感じているらしく、可能性を感じる奴隷たちを、一人でも多くそこで学ばせてあげたいとも考えているようだ。

アナスタシアを前にして、逃げ出したことを責めながらも、宮殿学校の有用性を熱く語るイドリースは好印象だった。

そして翌朝、アナスタシアは、イドリースに連れられて宮殿の外廷に来ていた。

宮殿学校の近くまで同行してくれた彼は、宦官《かんがん》にあとを託すとアナスタシアにこう言ったのだ。

「お前の言葉に従うようで不快だが、お前との約束はスルタンに申し出る。確約はできないが……。だが、それでも約束は約束だ」

確約してもらわないと、アナスタシアの入れ替わりが露見してしまうだろう。だが、これ以上強く出ることはできず、アナスタシアは彼の厚意に感謝した。

――ここまで大切に思われているというのに、一体彼は何が不満だったのか。

だがアナスタシアは、その答えにもおおよそたどり着いていた。

アレクセイの通う予定の宮殿学校は、千夜宮の出入り口である『祝福の門』周辺に位置している。宮殿学校に向かう歩道は、美しい石畳に覆われており、柱廊の近くにある壁にはシンプルな模様でありながらも、多彩なタイル装飾が目立つ。窓のステンドグラスも、華美な作りで目をみはるほど完成度が高い。しかしアナスタシアが何より興味を引かれたのは、宮殿学校の門付近に描かれた壁画だった。

「あ、ああ……」

——なんと素晴らしいのだろうか。

感嘆の息を漏らしてアナスタシアは、その壁画を少し離れたところで鑑賞する。艶《つや》やかな色彩で、広い庭と噴水が風景画として描かれている。

あまりに臨場感あふれる壁画を目にして、一瞬だけ弟の代わりになったことを喜んでしまったのだ。そんな己を恥じながらも、アナスタシアは壁画から目を離せないでいた。

「それ、そんなに興味ある？」

急に後ろから声をかけられて、アナスタシアは壁画を眺めたまま陶酔した様子で返す。

「はい、とても。この宮殿学校の壁画は、生徒たちの心を慰めるために描かれたものだと聞いております。生徒たちは入学してから義務教育として八年、能力が認められればさらに教育を受けて、最長で一四年間もここに通います。かなり険しい道のり……それを少しでも和らげるべく生徒たちの心に寄り添うために描かれたものなのでしょうね。見てください、この噴水の水の描き方、ひんやりとした冷たさを今にも感じてしまいそう……」

「……よく知っているね」

「ええ、書物で読みましたから。こうして実物を眺めることができて幸せです」

「ふーん、どんな気持ち？」

「それはもう！　この機会を与えてくださった大宰相様に感謝を申し上げたいくらいです。

本当に感謝を……ああ、いけません。このような場で……」

「……さすがに急に感謝を叫びだすとは思わなかったよ。しかし、そうなんだね。じゃあ僕の挨拶《あいさつ》は後回しにしたほうがいいかな」

「……？　え？」

「だってせっかく気持ちよさそうなのに、邪魔したくはないからね」

「………」

「………」

「………」

アナスタシアは顔をこわばらせて、ゆっくりと後ろを振り向く。

そこには金髪碧眼《へきがん》の男がいた。長袖《ながそで》の藍色《あいいろ》のチュニックと、カルス帝国特有の藍色のパルダメントゥムに身を包んでいる。フードと外套《クローク》で隠されているがその顔は端整で、光り輝くような印象があった。肩にとめてある黄金色のブローチも見事な細工だ。だが、いくらフードと外套で隠そうとも、輝くような金髪と碧眼に荘厳な顔つきの前では、宝石も黄金も色あせて見える。

彼はニコリと微笑《ほほえ》む。

アナスタシアには彼の顔に見覚えがあった。

「ノスマン大公閣下」と傍《そば》にいた宦官がつぶやき、頭を下げて敬礼の姿勢を取る。

――ノスマン大公。

彼がアレクセイの仕える男だ。新都市の都知事の座を約束されており、今回、宮殿学校の臨時教授を務める。アレクセイは彼の書記官として補佐するのだ。

つまりアレクセイの上司だ。彼を前にしてのんびり壁画見学していたのだ。

――彼は、大宰相イドリースの屋敷で出会い、さらに千夜宮で自分に生きづらそうと告げてきた男だ！

後宮では顔がはっきり見えなかったが、こうして間近で眺めると気づくことができた。

やはりアレクセイ捜しのため、無茶を言ってイドリースについてきていたのだろう。

いくら弟と顔がそっくりだとはいえ、最初に彼と出会ったときに顔を見られなくてよかった。後宮の暗がりで出会ったくらいであれば、アナスタシアの正体が暴かれることはないだろう。

「ご挨拶が遅れて申し訳ありません。あの昨日のことですが……」

「いいよ。そういう面倒なのはなしで。君も色々聞かれたくないだろうしね」

アナスタシアの言葉に、ノスマン大公は面倒くさそうに返した。訝《いぶか》しげに問い返す。

「聞かないのですか？」

「君にお小言を言うのは、イドリース殿の仕事であって僕じゃないからね」

そう言いながら、彼の双眸《そうぼう》は冷たい。

──まるで冷たい針で突き刺されているかのようだ。

仕方ない。逃げ出したアレクセイが悪い。

彼はアナスタシアに冷たい態度を取ったことに気づいたのか、「とにかく」と微笑んだ。

「……心配したんだよ。さぁ、おいで」

アナスタシアは、ノスマン大公に連れられて宮殿学校に入った。通り過ぎる生徒らしい人物を眺めながら、彼のあとをついていく。程なく連れてこられたのは、執務室らしき場所だ。おそらくここで、アレクセイたちが仕事をするのだろう。アナスタシアは、執務室の中央に置かれている美しい花柄と幾何学模様の描かれたローテーブルを、珍しげに観察していた。植物模様に並び幾何学模様もアンヌール帝国の特徴的な文化だ。

ノスマン大公はクッションの上に座ってアナスタシアを見上げた。

「とにかく君が見つかって良かったよ。無事で何より」

言葉の一つ一つに棘《とげ》がある。柔らかな物腰であるのにもかかわらず、視線が痛い。

「いいよ、座って」と促されてアナスタシアも隣のクッションの上に座る。

「……仕事に入る前に君と話をしたくて」

じとっとした視線で見つめられた。

──それもそうだ。いくらなんでも仕事を完全に放棄して逃げ出した弟の尻《しり》は、きちんと拭《ぬぐ》わなければ。

「……最初に聞いておこうと思って」

そこでノスマン大公は外套を脱ぐと、優しげな微笑みを見せてくる。

「見捨てられるのと、見捨てられないのと、どっちがいい？」

「――え？」

聞き返すと、彼は真っ直《す》ぐな視線でアナスタシアを見据えた。

「優しくされるのと、冷たくされるのと、どっちがいい？」

謎掛けではない。これは、一度逃げたアレクセイを試している。

そして同時に、最後の機会だろう。

少し考え込んだあと、アナスタシアはハッキリ言った。

「見捨てないでほしいですし、冷たくしてほしいです！」

「…………」

笑顔で回答したアナスタシアに、ノスマン大公はキョトンとしながら問いかけた。

「え、えーと……妙な問いかけをした僕も悪いんだけど、理由は？」

「既にノスマン大公閣下には優しくされています。ですから新しい一面が見たいのです」

そこまで言って、アナスタシアはごまかすように笑った。

「つまりは私の好奇心です」

「なるほど」

　ノスマン大公は苦笑すると言葉を続けた。

「うん、比較的、馬鹿かな、君」

　──言い返してはいけない。

　一度逃げたくせに、反抗的な態度を取ると、本当に両親の命がどうにかなりかねない。それに彼がそんな態度を取るのも仕方ない。全部、弟のアレクセイが悪いのだ。

　むむむ、と黙り込んでいるアナスタシアを見て、ノスマン大公は浅く息を吐いた。

「とりあえず僕も君を見捨てないことにするね。……でも、もう逃げないでね。代わりを探すのも大変なのだから」

　ノスマン大公は、曖昧《あいまい》な笑みを浮かべながら言った。

「まず君は殺される可能性が高いです。まあ、それは僕もそうなんだけど」

　──既にその話は弟から聞いている。

　だがあまりに軽やかに告げてきたため、どう反応したらいいのかわからなかった。だが相手は、そんなアナスタシアの反応の薄さを別方向に捉《とら》えたらしい。

「へえ」

　少しだけ目を見開きながら、ノスマン大公は低い声で言葉を続けた。

「驚かないんだね」

　そう言いながら彼はすっと立ち上がった。どこか不気味な雰囲気と、静かな圧迫感に、思わずアナスタシアは、一緒に立ち上がろうとしてしまう。

「あの……？」

「いいよ、君は座っていて。少しだけ長い話になりそうだから、飲み物があったほうがいいだろう？」

そう言いながら彼は、部屋の扉付近に立っていた近衛兵《このえへい》を呼び寄せて言葉を続ける。

「砂糖水がいい？　それともチェルボザにする？」

チェルボザは大麦を発酵させて作った酒だ。それにエジプト豆の炒《い》り粉とシナモンを振りかけた飲み物のようだ。

──すごく飲みたい。

しかしこれから働くというのに、そんなものは飲めない。これは試されているのだろうとアナスタシアは考えていた。

どうしようか悩んでいると、ノスマン大公は「遠慮されるほうが困るから」と言ってきたので、アナスタシアは「申し訳ありません。砂糖水で」と答えた。アナスタシアは興味深げに、近衛兵に何やら命じるノスマン大公の後ろ姿を眺めていた。

やがて杯型のカップを近衛兵の一人が運んできた。近衛兵はカルス帝国側から遣わされたもので、毒などの混入を警戒しているのかもしれない。

ノスマン大公が座り直すと、近衛兵がローテーブルの上にカップを置いた。注目すべきはカップの受け皿だ。黄金色の装飾で、浮き彫りと透かし彫りの植物模様が見事だ。品良く飾られたダイヤモンドにも目をみはる。

「さて教えてもらおうかな。君がどうして驚かなかったのか。予想がついていたの?」

受け皿に興味を奪われながらも、アナスタシアは答えた。

「私はカルス帝国の民です。その上、アンヌール帝国で奴隷として売り飛ばされた。それなのに書記官候補となった理由には、特別なものがあると考えるのが普通です」

ノスマン大公がうなずいたのを見て、アナスタシアは続ける。

「今回、書記官としての必須《ひっす》条件は、カルス帝国出身であること、第三者が思い切り見下してしまうほどに、低い身分と環境にあること、その上で書記官をこなせるほどの教養を身に付けていること、わかりやすく華やかで整った容貌《ようぼう》であること——そして……」

目を細めて胸に手を置きながら、アナスタシアは低い声で告げた。

「死んでも誰も惜しまない人間であるということ」

ノスマン大公が笑うのをやめた。無言の肯定にアナスタシアは言葉を続ける。

「今回のことで、コントロールしやすいように、人質を確保できているというのも、推奨条件になったかもしれませんね」

アナスタシアがにっこり微笑むと、ノスマン大公も薄く笑みを返した。その反応に満足して、アナスタシアはさらに喋《しゃべ》り続ける。

「今回の件、私がカルス帝国の民として、ノスマン大公の書記官を、限られた期間、アマル宮殿の宮殿学校内で務めるというのは、デモンストレーション……ある意味、アンヌール帝国とカルス帝国が和平を結ぶための第一歩です。でもそれが気に食わない人もいる。つまり邪魔が入る可能性が高く、簡単に妨害したいのであれば……」

アナスタシアは、ぱんと胸の前で手を組んで快活に言い放った。

「私を殺すのが一番手っ取り早いということですよね！」

「よくそんなことを平気な顔でぺらぺら喋ることができるね。怖いね、君」

呆《あき》れた顔でノスマン大公は笑いながら返した。

「だって事実ですから」

そう言ってアナスタシアは、カップに口をつけたが、「うっ」と小さく呻《うめ》いて目を丸くした。なぜなら砂糖水ではなかったからだ。

「あの……これ、レモンジュースでは？」

「そうだよ」

楽しそうにノスマン大公は言いながらアナスタシアを指差す。

「僕の些細《ささい》な嫌がらせだよ」

——ちっちゃい。

何が小さいとは具体的には言わないが、アナスタシアはあまりに酷《ひど》いと思ってしまったのだ。

彼はそんなアナスタシアを見て腹を抱えて笑った。

「良《い》い顔だね。今までずっと僕をやきもきさせてくれたんだから、このくらいの仕返しくらい許してほしいな」

そして彼は、自分のレモンジュースを飲み干して、どこか様子を窺《うかが》うような顔で言葉を続ける。

「一日のうちに随分肝が据わったんだね。前の君って、子ねずみのように震えていた印象だったのに。まるで別人のようだ。よっぽどイドリース殿にこってり搾られたのかな」

「ええ、ええ。それはもうぎゅぎゅっと。痛いくらいに。一度逃げて捕まってしまったのですから。仕方のないことです！」

ぎくりとしながらアナスタシアは弁解した。

「いいね、その態度」

それを軽くあしらいながら、ノスマン大公は言い返す。

「ちなみに二番目に殺される可能性が高いのは僕ね。だって君は僕より殺しやすいけど死んでも次が補充されるでしょ。でも残念ながら僕の補充には時間がかかるしね。だから僕を殺したほうが致命的だ」

イドリースやスルタンの進めようとしている、外国人の登用策をよく思っていない派閥のものたちが、やがて新都市の都知事になるノスマン大公のことを邪魔だとみなして、暗殺しようとしているのだろう。

ちなみに初の従属国書記官の登用も、ノスマン大公の新都市の都知事採用も、両方ともスルタンの考えた案だ。

ノスマン大公は次の新都市の都知事に選ばれている。改宗さえすれば、誰でも同じ権利を持てるのだと、皆にアピールできるほどの象徴になれば、アンヌール帝国に抵抗している小国は改宗したほうが良いという考えになり、それだけ無駄な戦を避けられるかもしれない。アンヌール帝国では、そう考えているのだろう。

「そもそも補充されないかもしれないしね！」

そう言いながら、けらけらとノスマン大公は笑ってアナスタシアを見た。

「それに君の考えには一つ甘えが見える」

低い声音に嘲《あざけ》りの感情を乗せながらノスマン大公は言う。

「僕の書記官候補として選ばれるには、奴隷であることは絶対だよ。誰もが蔑《さげす》むなんて曖昧な条件じゃなくて。既に調教済みでないと。そこから教育を始めるのは面倒だよね」

――なるほど。

心の中でうなずいているとノスマン大公が言葉を続けた。

「君については、買い上げたイドリース自身がしっかり調教したと聞いているし、そういう意味でも安心なんだよね、君は」

そこでアナスタシアは、アレクセイに思いをはせる。

――一体アレクセイは、イドリースに何をされたのだろうか。それも今日、彼が一日だけ入れ替わりたいと懇願してきた原因と関係があるのだろうか。

きっと弟は自分を覆う巨大なものを理解できなかった。

だから逃げたのだろう。想像以上に、アレクセイの背負わされた責任と危険性は大きい。

それになんとなく気づいていながら、具体的にどういうものか想像がつかず、漠然とした不安に押しつぶされて、アナスタシアに助けを求めたのだろう。

そこでアナスタシアは、ノスマン大公の双眸《そうぼう》にまったく好意的な感情が宿っていないことに気づいた。

アナスタシアは、ノスマン大公にたしかな敵意を見たのだ。

当たり前だ。アレクセイは肝心なときに、直前になって逃げたのだ。

のこのこ戻ってきたとしてもその事実は消えない。

もちろん戻ってきただけでは失われた信頼は回復しない。

彼はにこりと笑う。そこに嫌味はない。眼差《まなざ》しの奥に潜めた感情に気づかなければ、優しい印象すら受けるのだろう。

――望むところだ。

相手の、この感情は受け入れるべきものだ。

だが、とアナスタシアは首を横に振った。それとは別に、ノスマン大公に言いたいことがあったからだ。

「ノスマン大公閣下、一つ、お話ししたいことがございます。先程、私に嫌がらせをしましたが、そういうのはおやめください。私が取り返しのつかないことをしてしまったのは事実です。でも、今後は二度とないようにしますので」

「レモンジュース程度で、そんなに怒ることかな？　でも、いいよ。今後、君が、ちゃんと信頼を積み上げてくれるというなら」

彼は、まるでアナスタシアの言葉など、何一つ信用していないといわんばかりに、虚《うつ》ろな笑みで返してきた。

――正直な話、腹が立つ。

だが、反論できないのも事実だった。彼が告げてきたことは、紛れもなく正論だったからだ。

「さて……」

ノスマン大公は立ち上がった。アナスタシアを見下ろしながら言う。

「言いたいことは言い終えたし、宮殿学校を案内するよ。知らないことを知ることも君の仕事のうちだ」

「かしこまりました」

そう言ってアナスタシアは、すぐに立ち上がる。

回廊を歩きながら、ノスマン大公は宮殿学校の説明をしはじめた。

「内廷と外廷、どちらで働きたいかとか、本人の要望や資質により、宮殿学校のカリキュラムは多少違ってくるんだ。僕が臨時教授を務めるのは外国語と政治学だよ」

「外国語は内廷と外廷、両方に関わってくるのですね」

内廷と外廷の意味をアナスタシアは整理する。

両方とも宮殿内にある、国家的な重要機関だ。内廷は六つの局に分かれており、スルタンの世話を行う侍従局、内廷の資産を管理する財務局、宮廷内の食事管理をする大膳《だいぜん》局、技術者を抱えて教育する技芸局、色んな研修を行う研修局がある。

外廷は特に局などに分かれていないが宮殿外の仕事に携わることが多く、人員のほとんどは大宰相から任命される。教師などの教養人、県知事相当官、スルタンの行幸に伴えるほどの地位にある高官、大臣などの高級官僚の候補生としての近習《きんじゅ》、宮殿内の雑務を行う衛士、あとは飛脚や護衛兵などの外部部署といった構成だ。書記官はこの中では行幸に伴う資格を持つとされる供奉《ぐぶ》員の書記官長《チャウシュ・バシュ》の配下だ。

「まあそうだけど。政治学を踏まえると主に関わってくるのは外廷で働く候補の子たちだね。……僕としては宗教学を希望していたんだけど、さすがにね……」

そう言いながらノスマン大公は足を止めて、「今、まさに宗教学を教えているみたいだね」と一つの部屋を指差した。そこには書見台《ラフレ》に書物を載せて、教授から教えを受けている生徒たちの姿があった。みな、真剣な眼差しだ。

「ああ、なんと素晴らしい書見台なのでしょう。精巧な象牙細工《ぞうげ》は書で読んだよりも美しく……蝶番式《ちょうつがい》になっているのでしょうか。折りたたんでみたい……」

「いま、なんて？」

「なんでもありません」

思わず欲望をもらしてしまったアナスタシアは、慌てて笑顔で取り繕った。

宮殿学校では、まず共通科目として宗教学と外国語があり、それから主に将来、軍人や行政官の道を歩むものたちに必要な科目としては、地理学や地図作成学、歴史学や政治学などがカリキュラムに含まれている。また、内廷をはじめとする宮廷人の道を歩むものたちには、教養科目として能書術、製本術、装幀術《そうていじゅつ》、ミニアチュール画法、建築技術に音楽の講義なども用意されているようだ。

加えて生徒たちは乗馬や剣術の実践訓練を行い、能力に応じてさらに学ぶ機会をえて官僚として選出されていく仕組みなのだ。

「先程の宗教学の教授はアンヌール帝国の方でしたね。宗教学もアンヌール帝国の国教である蒼月教《そうげつきょう》であって、カルス帝国の国教である暁月教《あかつききょう》ではないですよね」

そうアナスタシアが言うと、ノスマン大公は「だよね」と困ったように笑う。

「だからカルス帝国出身の僕が、宗教学なんて教えられるわけがない。まぁ無駄なことを言ってしまったわけだね」

冗談とも本音ともつかない顔でノスマン大公は言った。

──なら、なぜ彼は急に宗教学の話をしだしたのだろうか。

アナスタシアの顔に、疑問符が浮かんだのがわかったのだろう。ノスマン大公は、苦々しく笑っただけで話を打ち切った。

そしてノスマン大公は外に出ようと促した。二人のあとを近衛兵《このえへい》たちがついていく。そして宮殿学校外の広場に出ると、ちょうど剣術の訓練が行われているようで、何人もの生徒たちが剣を打ち合っていた。

それを眺めながらアナスタシアは、有名な歴史哲学者の一節を思い出していた。

「ある書物で読んだことがあります。国家の将来を背負うものは二つに分かれると。剣《サイフ》と筆《カラム》を担うもの。前者は軍人で後者は書記官を意味します。この宮殿学校では国家を支えるものたちを、未来へとつなげていくために教育していくのですね。……そしてこうして勉強したものが書記官になっていくのですね」

「それはどうかな」

冷めたノスマン大公の言葉に、「えっ」とアナスタシアは声を上げる。そんな彼女を気にせず、ノスマン大公は楽しそうに声を弾ませた。

「夢を壊すようだけど、書記官採用は主に二種類、世襲制か親族や有力者によるコネ」

「……ゆ、夢も希望もないのですね。身も蓋《ふた》もない……」

「そういう君も有力者によるコネだから。そういう意味では特別扱いでも何でもないよ。よくあることだね」

「よくあることでホッとしました」

「手のひら返し早すぎない？　そういう反応しちゃう～？」

まるで子供みたいな口調で、ノスマン大公はアナスタシアをからかう。そして、すっと目を細めて言った。

「……それにしても、よくその歴史哲学者を知っているね。昨日の君は、結構物知らずなように思えたのに。さっきも話したけど、まるで別人と接している気持ちだよ」

「べ、勉強したのです……昨日のうちに……」

「そうなんだね。まあ、昨日は挨拶《あいさつ》程度しか交流できなかったから、そのせいで君のことがまだよくわかっていないのかもね」

その返しに曖昧《あいまい》に笑ってアナスタシアはごまかす。下手に喋《しゃべ》るとボロが出そうだ。

その後、いくつもの建物をまわって宮殿学校内を見学したあと、少し離れた場所に小さな宮殿を見つけた。そこも宮殿学校の敷地《しきち》内にあるものだろうが、門付近には宦官《かんがん》や衛兵がいて宮殿の中に不審者が入らないように見張っているようだった。

その小さな宮殿からは、ローブで姿を隠した何人もの女性が出てきた。

それを眺めてアナスタシアは驚きの声を上げる。

「宮殿学校には女性もいらっしゃるのですね」

「ああ、高級官僚や将校たちの娘だね。ある程度の教養があったほうが、嫁に出しやすいからね」

「どうして？」というアナスタシアの疑問が顔に出ていたのだろう。苦笑しながらノスマン大公は答えた。

「女性も宮殿学校で学ぶことがあるんだよ。とはいっても女性の場合は、男とは違って習い事のような感覚らしいけどね。いずれにせよ、今見えている通り、女と男では、学ぶ所もカリキュラムも講師ですらも区別されているよ。男と同じレベルでは教育を受けられないだろうね。そもそも本来、宮殿学校は寄宿制だしね」

「そうですか……」

「なんだか残念そうだね」

「い、いいえ！　別にそういうわけでは」

慌ててアナスタシアは否定した。

千夜宮にいても、パシャに下賜さえされれば、書物に触れられる手段が手に入るかもしれない。思わずアナスタシアはそう考えてしまったが、もし下賜されたとしても娘という立場ではないのだから難しそうだ。

アナスタシアは頬に手を添えて、思わずぼやいてしまう。

「私達の国では女性も教育が許されて、同等とはいえないもののある程度の職につくことが受け入れられていますし、書記官の資格をもった女官だって働けているというのに、ここではそもそも教育ですら難しいのですね」

「ここはカルス帝国ではないからね」

なんてことのないようにノスマン大公は言葉を続ける。

「性差さえ気にしなければ国境による差はなく、能力のあるものだけが引き立てられる。アンヌール帝国はそういう意味ではカルス帝国よりは平等だよ。……改宗すればの話だけどね」

――だからノスマン大公はさっさと暁月教から蒼月教に改宗したのだろう。そうはいっても、それだけではまだ彼の真意は推し量れないが。

そうアナスタシアは考えていた。

外回廊に出たときに宮殿学校の隣に大きな建物が見えた。なんだろうと観察していると、ノスマン大公がそんな彼女の様子に気づいて答える。

「あれは図書館だよ。生徒たちだけでなく、教師や教授も利用することが多いからね。隣接して建てられているんだ」

「図書館があるのですか！」

そんなに驚くことか、というような顔で見てくるノスマン大公に、鼻息荒くアナスタシアは質問し返した。

「た、たとえば千夜宮にいる女が、図書館を利用することはできるのでしょうか？」

「スルタンの許可がないと無理だと思うよ。スルタンの寵愛《ちょうあい》でも受ければ別かもしれないけれど。ただ今のスルタンは選《え》り好みしている上に、一回しか手をつけないことで有名だし、後宮の女たちの人数も、今までで一番多いみたいだから、かなり難しいんじゃないかな」

さらりと返ってきた答えにアナスタシアはがっかりした。

「というか、どうして後宮の話を急にしてくるわけ？」

――それは私がアレクセイではなく、後宮奴隷のアナスタシアだからだ。

だがそんなことを口にはできない。

「い、いえ、後宮というか図書館の仕組みに興味があって……」

苦しい言い訳だ。

だが、うまくごまかせたようだ。首をひねりながらノスマン大公は言う。

「図書館に興味があるの？　というか君ならいくらでも図書館に入れると思うよ。さすがに今日は時間的に無理な話だけど」

――今日が無理なら、永遠にアナスタシアは図書館に行けないだろう。

十夜宮でスルタンに見初められるわけにはいかない。それにもしもスルタンの許可を得たとして、図書館の本であっても、そのうちいつかは読み尽くしてしまうだろう。一つの場所に閉じ込められるわけにはいかないのだ。

「また今度でいい？　少なくとも僕は許可を出すから」

「はい、お気遣いありがとうございます。勝手なことを申し上げてしまいました」

「別にいいよ」

ノスマン大公は気を悪くしていないようだ。安堵《あんど》しながらアナスタシアは顎《あご》を持ち上げて顔を引き締めながら言う。

「もし頼み事を聞いていただけるのだとしたら、別のお願い事がございます」

「なに？」

アノスタシアの願いではない。アレクセイに自覚させるためのものだ。

アナスタシアがアレクセイの代わりをするのは一日だけだ。明日《あした》からはアレクセイが彼専属の臨時書記官を務める。そのためには今のアレクセイでは駄目だ。

彼はあまりに無知だ。このままでは本当に殺されてしまう。彼の性根を変えるための儀式が必要だ。そうアナスタシアは考えていた。

「ノスマン大公閣下が都知事になる予定の新都市——後学のため、そこに行きとうございます」

「……面白いおねだりをしてくるね」

「面白いですか？　私は真剣です」

「別に茶化しているわけじゃないから、そんな大げさにしないでよ」

アナスタシアの言葉を、ノスマン大公が薄く笑いながらあしらった。そして間髪を容《い》れずに言う。

「いいよ」

快諾されるとは思わず驚いていると、彼が小さく笑う。どこか挑戦的な表情だった。

「僕のほうも君を連れていこうと思っていたからね。……君がその気なら、ちょうどよかったよ」

※

二人はノスマン大公の執務室に戻ってきた。ノスマン大公はアナスタシアにローテーブルに座るように促すと、近衛兵に命じて作業用具一式を持ってこさせた。その中には大量の書類もある。どかどかと部屋のあちこちに書類が積まれていくのを眺めていると、にこにこと笑いながらノスマン大公が話しかけてきた。

「それで今日の仕事だけど、ひとまずテーブルの上の資料に僕の印章を押してくれるかな？　印章を押す部分は読めばわかるよね？　当然、資料ごとに異なるから、そこは一つ一つ確認していってね」

そう言ってアナスタシアに印章を渡してくる。

——これは私の言語能力がどこまで業務で使えるのか、試しているのだ。

アナスタシアは書類をざっと眺める。アンヌール帝国の言語ではあるものの、難しい単語や文法は使われていないようだ。問題なさそうだと判断したアナスタシアは、ノスマン大公へ顔を向けると大きくうなずいた。

それを見てノスマン大公は安心したように微笑《ほほえ》む。

「これから僕の講義が始まるんでね。その間に、これの最低限の手続きだけでも終わらせたくて……」

「講義については、私は傍《そば》にいなくても問題ないということですね」

確認のためにアナスタシアが言うとノスマン大公は大きくうなずいた。

「たかが講義だから、当然、議事録なんて必要ないしね。そりゃ君が講義を見たいというなら別かもしれないけど、お飾りの臨時教授で、さらに外国語の講義なんだから、そこの出身者である君が見たところで何の実りもないよ？」

　そこまで言って、はっとした顔でノスマン大公は言葉を続けた。

「……あ、ああ、そっちじゃなくて、君を一人にさせてしまうことへの不安かな？　きちんとこの部屋には近衛兵《このえへい》の一人を置いておくので、危険については心配しなくても大丈夫だよ」

「そ、そこまで説明させてしまい、申し訳ありません」

　逆に気を遣わせてしまったようで申し訳なくなる。

　気落ちしたアナスタシアに、ノスマン大公がフォローするかのように言う。

「いやいいよ、気にしないで。そのくらい自分の身に危機感を持ってくれたほうがありがたいから。ひとまずその机にある分だけでいいから作業をよろしくね」

　アナスタシアは、少し離れた場所にあるローテーブルの上の資料を一瞥《いちべつ》した。

「……あれは？」

「あれは気にしなくていいよ。僕もまだ中身を一切見ていないものだからね。いつか君に手続きを頼むとは思うけど。今日じゃないから」

「印章手続きがいるけれども、まだ整理できていない資料なのですね」

　ふむ、とアナスタシアは腕を組みながら言葉を続ける。

「たとえば中身を見るくらいは問題ないのでしょうか？」

アナスタシアの問いにノスマン大公はうなずくと、そのまま幾つか書物を手にして近衛兵を引き連れて出ていってしまった。

アナスタシアは大きく息をついた。

――さてここからが腕の見せ所だ。

高まる胸の内を隠しきれず、満面の笑みを浮かべながら、アナスタシアは一枚目の書類を手にとった。

・
※

数刻後、戻ってきたノスマン大公は、アナスタシアの仕事の成果を見て、ひたすらに驚いていた。

すでに作業が完了していただけではなく、次の仕事にまで手をつけようとしていたアナスタシアの行動にもびっくりしていたようで、「ちょっと止まって」と告げてくる。

なにかしてしまったのだ。まずいと思ったアナスタシアは、思わず頭を下げて目を閉じながら「申し訳ありません」と謝罪する。

「え、どうして謝るのかな？　いや、わかるけど。あ、頭を上げていいよ」

そう言われて顔を上げると彼は言葉を続けた。

「ひとまずやったことを説明してくれるかな」

「はい、まずはお願いされました書類の押印は完了しました。期日がばらばらであったのと並び順に法則性も見えなかったので、期日の近い順に資料を並べ直しております。ただ一部重要度の高いものが、優先的に前のほうに並べてあったようにも見えたので、それは別にしております。全部、元の並び順に戻せと言われましたら、順番は覚えているので可能ですからお申し付けください」

アナスタシアの説明に、ノスマン大公は別に分けられた何枚かの書類を手に取る。

「これが重要度の高いものだとわかったって？　どうして……」

「それはすべて御前会議《ディヴァーヌ・ヒュマユーン》に関する資料でしょう。ノスマン大公が臨時教授として出席するための……近い内に行われるのですね。だからそれは別にまとめました。すぐに必要になると思ったので」

御前会議とは、国政の重要課題を議論するため、定期的に行われる会議である。

アナスタシアの言葉にノスマン大公が絶句したようだった。

「奴隷上がりの君がよくそれを知っているね。しかも書類の内容を見ただけでわかったって？　もうそこまでアンヌール帝国の言語に堪能《たんのう》なわけ？　それに……」

そう言いながらノスマン大公は別のテーブルにある資料を指差した。

「もしかして、こちらも期日の近い順にまとめているってこと？」

「はい。そちらも御前会議に関する資料は同様に」

その言葉に感嘆の息をついたノスマン大公は、資料の一番上にあるものを手に取ると、淡々とした口調で話しかけてくる。

「アンヌール帝国の言葉、どこまでわかるの？　それにこの書類には、それ以外の言語も交じっていたはずだけど」

「ええと、少なくとも周辺国の言語はわかります。……あの、差し出がましいとは思ったのですが、やはり迷惑だったでしょうか？」

「結果的に迷惑ではないけど、これからはこういう作業をする前に、事前に確認と報告がほしいかな。そしたらある程度の裁量権をもたせて任せるから」

言葉の割には彼の声音は楽しそうだ。怒っているのか面白がっているのかわからず、アナスタシアは戸惑いながら口を開く。

「かしこまりました」

そんな彼女をノスマン大公は、じっと無言で見つめている。

「…………」

「…………」

「……あの、なにか？」

沈黙に耐えかねて、アナスタシアがそう言うと、ノスマン大公は顎に手を添えた。そして、どうしてだか頬を少し紅潮させて、アナスタシアから顔を背けた。そのまま、彼にしては珍しく低い声で告げてくる。

「……言っておくけど、これから僕がすることは、決して君へのご褒美ではなく……君が逃げ出したときに、とにかく迷惑で困ったんだよ。それこそ僕が色々……いや、なんでもなく……言い訳をしたいわけでもなく……」

彼が言っているのは、千夜宮に忍び込んだことだろう。彼が何を言いたいのかわからず、アナスタシアはきょとんとしながら問いかけた。

「つまり？」

「つまり、それでも君が考えを改めてくれたことは、ちゃんと認めなきゃいけないってことかな」

そう言った彼の頬の赤みが増した。どうやら、かなり恥ずかしがっているようだ。

「……照れるようなことですか？」

「そういうのを僕に向かって、はっきり言うのはどうかと思うよ」

そう言いながら、ハァとため息をつくと、彼は近衛兵に命じて持ってこさせた書類を差し出した。

「これをあげるよ。……予定にはなかったけど、それだけの技量をすでに持っている君なら、勉強になると思って」

「あの、こちらの紙は……？」

「それはスルタンの花押《トゥグラ》だよ。花押が何なのかわかる？」

「え、ええ、そ、それは……わかりますけれども」

アナスタシアは驚きのあまりに口元に手を当てる。そのあと震える手でそれを受け取った。触れることすら恐れ多いと思っているからだ。

アンヌール帝国の花押とは、アラビア文字と絵を組み合わせて作ったスルタンのサインだ。スルタンの支配者としての権力を象徴するもので、勅令など重要公文書に使われる。

花押は、金箔《きんぱく》と泥を混ぜた墨と様々な艶《つや》やかな絵の具を使い、まるで現実に存在しているかのように生き生きとした、可憐《かれん》な花が幾つも描かれている。

アナスタシアの驚きぶりに、困惑したノスマン大公は、後頭部をかきながら言う。

「いや、それは下書きというか失敗作みたいなものだから、いつか勉強になると思って持ってきたんだよ。書記官として必要になる技量らしいからね」

書記官には、この花押を重要公文書に描く国璽尚書《ニシャンジェ》と呼ばれる官職がある。ノスマン大公は、そのことを言っているのだろう。

「これは……貴重なものなのでは？　私のようなものが見てもよいのでしょうか」

支配者の象徴だ。重要公文書のみに記されるものであり、アナスタシアのような存在が、そうそう目にしていいものではない。

「どうして？　失敗作なんだから大丈夫なのでは？」

「大丈夫なんですか？　こんなにたくさん触っても？」

再度、おそるおそる確認すると、ノスマン大公は朗らかに笑った。よほどアナスタシアの反応が気に入ったようだ。

「どうぞどうぞ、好きなだけ触るといいよ！　どこが間違えたのかわからないくらい綺麗《きれい》だよね！　ここの生徒が練習用に描いたものらしいよ。だからそれは君にあげるよ。まあ、持ち出すのはやめたほうがいいかもしれないけれど、たとえ君が持ち出したとしても見て見ぬふりはするから」

そう言われた途端、アナスタシアの脳裏に浮かぶのは、炎の中、焼け落ちていく書物だ。目の前で書物が無残に焼け落ちてしまうのを、ただただ見つめることしかできなかった。やっとのことで死守した紙片ですら、千夜宮に入ったときにビリビリに破かれてしまったのだ。

イドリースに買い取られてから、多くの書物に触れることはできたけれども、それらはどれ一つとしてアナスタシアのものではなく、見られる時間は限られていた。

「……これを好きなだけ見ても？　自由に触ってもいいと？」

そう問いかけてノスマン大公がうなずいた瞬間、ぶわっとアナスタシアの双眸《そうぼう》から涙が溢《あふ》れた。ぼろぼろと次から次へとこぼれて止めることすらできない。

ぎょっとしたノスマン大公が驚いた声を出す。

「な、なんで泣くのかな」

「いえ、ごめんなさい。私もどうしていいか……。こういうのがあるのは知っていたのですが、こうして目にできるなんて思わなくて……これほどまでに魂を……」

──揺さぶられるような。

スルタンの花押文書はまさしく未来を開く可能性の一つだ。

「本当にありがとうございます」

これを見るのは今日で最後だ。明日《あした》からは千夜宮に閉じ込められて、命の危機と隣合わせの日々を送るのだろう。だがそれでも、きっとアナスタシアは今日の光景を死ぬまで忘れない。永遠にまぶたの裏に焼き付けておくのだ。

「こうして目に見えるすべてに感謝いたします。ずっと覚えておきます」

──もっと勉強していたい。書記官として働きたい。その気持ちには蓋《ふた》をしなければ。

「大げさだね。それは結局、練習用に生徒が描いたものなのに」

軽口を叩《たた》くノスマン大公に、アナスタシアは何も言えず微笑《ほほえ》んだ。

「……あのさ、わりとまじで君……イドリース殿に何かされていない？　昨日と全然態度が違いすぎて、さすがの僕も怖くなってきたよ。何かお仕置きでもされた？」

「お仕置きとは？」

そんなアナスタシアの問いに、ニコリとノスマン大公が微笑む。その質問には何も返さない。ただ柔らかな笑みをたたえたまま言う。

「明日に支障があっても問題だから、何かあったら言ってね」

「明日、ですか」

――私に明日など来ない。

思わず戸惑って唇を強く結んでしまったアナスタシアの顔を、心配そうに覗《のぞ》き込みながらノスマン大公は言う。

「……アレクセイ、君は大宰相イドリース殿のことをどう思っている？　素直な感想を口にしてほしい。告げ口なんかするつもりはないよ」

何か勘違いされてしまったようだ。アナスタシアは、ぱっと顔を上げて早口で告げた。

「尊敬しています。あの方も私と同じ異国の奴隷でありながら、軍人奴隷としてこの宮殿学校に通い、その才覚を今のスルタンに見いだされて、数々の遠征での武功を認められて、大宰相まで上りつめたのです。まさに奴隷たちの憧《あこが》れであり、私のような立場でも努力すれば権力を手に入れることができるのだと……。まさしく希望の星です。なればこそ私も同じようになりたいと常日頃から感じております！」

そこまで言い切ってアナスタシアは内心苦笑した。

しょせん千夜宮の女には無理な話だが。

「驚いたな。どうしてそんなに彼の過去に詳しいの」と尋ねてくるノスマン大公に、アナスタシアは花押の描かれた紙をローテーブルに置いて、さらりと答えた。

「屋敷《やしき》にあった書物をすべて読みましたから。その中に、あの方について書かれたものもありました」

「――は？　なにそれ？　すべて？」

「もちろん彼の許可を得たものだけですけど。そういう意味ではすべてではありませんね。語弊がありまして申し訳ありません。……とにかく、いろいろな言語がありましたが、大体は読み尽くしました。そう、宮殿学校に送られる前に。そういった機会を与えて下さったイドリース様に心より感謝し、そして長年の努力を心から尊敬しています」

そこまで言い切った途端、荒々しく扉が開かれる。驚いた二人が顔を向けると、そこにはイドリースが従者を引き連れて立っていた。素早くアナスタシアに近寄ってくる。

「アレクセイ」

イドリースはそう言うとアナスタシアの腕を摑《つか》んでくる。それを見てからかうようにノスマン大公が声をかける。

「まさか立ち聞きしていたのかな？」

「不快だ。邪推はやめろ」

深くため息をついてイドリースは言い直した。

「……………ノスマン大公閣下、余計な邪推はやめていただきたい。既に約束の刻《とき》は過ぎている。アレクセイを引き取りに来ただけだ」

「どうぞ。彼は素晴らしい働きをしてくれた。明日も期待している。お疲れ様」

その言葉が終わるや否や、イドリースはアナスタシアを部屋の外へと連れ出した。そして興奮したような口ぶりで言う。

「アレクセイ、喜べ。スルタンの許可が下りた」

「……本当ですか？」

「ああ、それだけお前の存在が重要だということだ。今日からお前は千夜宮に滞在することが許されるのだ。臨時書記官の間だけでも、毎晩、千夜宮で姉と共にいることができるだろう」

「イドリース殿」

急にかけられた言葉にイドリースとアナスタシアは素早く振り返った。

そこにいたのはノスマン大公だ。困ったような笑みを浮かべて、腕を組んでいる。

「大事なことを喋《しゃべ》りたいなら、もっと扉から離れたほうがいいんじゃないの？　もしくは完全に扉を閉め切るとかさ？」

だがイドリースは平気な顔でノスマン大公を見ながら言った。

「別に聞かれても問題はない。彼を千夜宮に帰すだけのことだ。正式にスルタンの許可も貰《もら》っている」

そこには盗み聞きしたノスマン大公への侮蔑《ぶべつ》が込められていた。

「千夜宮に？　どうして？」

訝《いぶか》しげに問いかけるノスマン大公をイドリースは一蹴《いっしゅう》する。

「お前に詳しく説明する必要はない」

「そんなことないだろう。僕と君はある意味、運命共同体なんだから。今後のためにも詳しく事情を聞く必要がある」

「気持ちの悪いことを言うな」

――ずいぶん親しげだ。

二人の会話を聞きながらアナスタシアは驚いていた。

そんな彼女を気にもとめずに二人は会話を続けている。

「事実だろう？　というか千夜宮については、君以外は男子禁制だよね。そういうのが許されるの？　宦官《かんがん》ならまだしも」

「特別処置だ。人質が人質として機能していないケースが起こってしまった今、人質の意味を再認識してもらう必要がある」

「ああ、つまり彼の人質が千夜宮にいるからってこと？　それは知っていたけど……」

そう言いながらチラと彼はアナスタシアを一瞥《いちべつ》した。その視線を受けて、イドリースはアナスタシアを摑む腕に力を込めた。それをノスマン大公は苦々しく見たのちに、彼に向き直って言う。

「……どうせ答えないとわかっているけど、一国の君主がたかが一人の奴隷にここまで思い入れして特別扱いするかな？　さすがに贔屓《ひいき》がすぎるのでは？」

「やはり不快極まりないな、お前」

そう吐き捨てるように告げて、イドリースは口の端を吊《つ》り上げながら言葉を続けた。

「何を言う。スルタンの寵愛《ちょうあい》を受けているのはお前も同様だろう？」

イドリースの返しに、ノスマン大公は、無表情のまま何も答えなかった。

※

千夜宮に戻ってきたアナスタシアは、即座に与えられた個室に戻ると、着ていた衣服を脱ぎ捨てようとした。しかし部屋の隅から、しゃっくりのような嗚咽《おえつ》が聞こえてくる。

部屋は僅《わず》かな吊りランプの光が点《つ》いている程度で薄暗闇だ。だから誰が泣いているのかわからない。アレクセイなのだろうか。

アナスタシアは嗚咽のするほうに、手に持っていた携帯用ランプをゆっくりとかざす。

その呼びかけには答えなかったが、明かりに照らされた人影はアレクサンドラのものだった。彼女はこちらに背を向けて部屋の隅で蹲《うずくま》り、膝《ひざ》を抱えて座っている。何やらぶつぶつと呟《つぶや》きながら嗚咽を漏らしていた。

――一体、何が。

アナスタシアは、もう一つの異常事態に気づいていた。アレクサンドラのことを気にしつつも、彼女は携帯用ランプで周囲を照らした。

アレクセイがどこにもいない。

布団のほうを見たが、人が寝ているような膨らみはない。隅々までランプで照らしてみたが、人間一人が隠れるような場所はなかった。

アレクセイは一体、どこに消えてしまったのだろうか。

頭が真っ白になりながらも思わず「え？　嘘《うそ》？」とつぶやくが、反応を誰も返してこない。あえていうならアレクサンドラの嗚咽が少し大きくなったくらいだ。

冷静な思考が告げてくる。もしアナスタシアのことが露見しているのであれば、スルタンの許可もおりず、アナスタシアも捕まっているはずだ。

――少なくとも、アナスタシアとアレクセイの入れ替わりは露見していない。

「アレクサンドラ、アレクセイは？」

アナスタシアの問いに、アレクサンドラは大きく肩を震わせた。だが何も答えようとはしない。それを見てアナスタシアは懇願する。

「……泣いていてはわかりません。どうか教えてくださいまし」

数秒の沈黙ののち、ようやくアレクサンドラは口を開いた。

「どこにもいないわ」

「どういうことですか？」

その問いかけにアレクサンドラが、わずかに首をアナスタシアのほうに向ける。

「あたしにだってそんなのわからないわ。きっとあいつ逃げたのよ。だってあなたがいなくなってからも、ずっと自分じゃ無理だって誰にともなく言い訳していたもの。絶対に書記官なんてやりたくないって何度も……。……あいつがいなくなったと気づいたとき、あたしだって頑張って捜したわ。でもどこにも見つからなかったのよ」

アレクサンドラは再び首を元に戻した。深くうつむきながら言う。

「逃げないって言ったのに。約束したのに」

「そうでしたっけ？　約束まではしていなかったような、そういえば」

アレクセイの精神性の根っこには幼さがある。なればこそ約束という儀式は彼を縛るものになりえただろう。

——そこまで頭が回らなかったことは失態だ。

「約束……次はちゃんとさせたほうがいいかもしれませんね」

静かな口調で言うと、ゆっくりとアレクサンドラが立ち上がった。まだアナスタシアに背を向けたまま、壁に向かって言う。

「あなた、裏切られたのよ。悔しくないの!? あたしは悔しいし、怒っているわ。腸《はらわた》が煮えくりかえりそうよ」

アレクサンドラは嗚咽を漏らしながら息をしていて苦しそうだ。

アナスタシアはアレクサンドラにハンカチを渡そうとしたが、彼女はこちらに振り向くことなく、それを叩《たた》き落とした。

「悲しいの。怒っていたのに、しばらくすると悲しい気持ちに沈み込んでしまって、苦しくて気持ちが悪いのよ。涙が出てくるのよ、しんどくて辛《つら》くて、どうしたらいいのかわからないのよ」

アリスタシアは床に落ちたハンカチを拾い上げながら、静かに問いかける。

「……どうして怒っていたのですか？」

「裏切られたからよ、こんなことをしないと思っていたのに。だって、一日で終わるって……だから、こんなしんどい入れ替わりも耐えられるって思っていたのに。それなのに……！　全部、どうしようもなくなったじゃない!!」

「どうして今は悲しいのですか？」

「こんなことをする人じゃないと信じていたからよ。あたしだったら、こんなことはしないのに。もっと相手のことを気遣うわ。そうよ、そんなに書記官をやりたくないのなら、逃げる前に一言いってくれれば……」

「でもアレクセイはあなたではありません。あの子はあなたほど、相手を気遣おうとする気持ちも余裕も持てない子です。姉である私がこんなことを言うのも酷《ひど》い話ですが」

──だから逃げたのだ。

すべての責任を放り投げただけでなく、さらにその責任をアナスタシアに最悪な形で押し付けた。

そしてアレクサンドラも余裕が持てないから、アナスタシアの渡そうとしたハンカチに八つ当たりをしてしまうのだ。

余裕がないということは、それだけのことを引き起こしてしまう。

だからこそ、アナスタシアはアレクサンドラを責める気にはなれなかった。

アレクサンドラは、ひゅっと音を立てて息を吸い込んだ。嗚咽を堪《こら》えようとしたがどうにもできないような、呼吸の音だった。何度も肩を上下に動かして、呼吸を落ち着かせながら、ようやくアレクサンドラはアナスタシアのほうに顔を向けた。

彼女の表情は悲哀に満ちて、長い間流した涙のせいで、ぐちゃぐちゃだった。大きく顔を歪《ゆが》めながら彼女は言う。

「あなたの弟が、あたしじゃないってことくらい、わかっているわよ。でも、そんなに知らない相手のことを最初から疑えないわ。少なくとも、普通はするだろうとあたしが思うことくらいは、相手に期待してしまうわ。だって普通は……こんなことしないでしょう」

「アレクセイは普通じゃありません。こうして逃げてしまったのですから」

「じゃあ相手のことを悪く思えばよかったの？　あたしは、あたしを変えたくないわ。今でもすごく苦しくて辛いのに。これ以上、自分を捻《ね》じ曲げたらおかしくなる……」

彼女は顔を両手で覆うと、その場にしゃがみこんだ。アナスタシアは、彼女と同じ目線になるよう腰をかがめながら、優しく声をかける。

「……曲げる必要はありません。変える必要もありません。あなたのその強い感情は私は持ち合わせていないもの。きっと今後、強い力となる。私はそれをあなたの長所だと思います」

そしてアナスタシアはアレクサンドラの背をゆっくりとさすった。

「とにかく今は落ち着きましょう」

アレクサンドラは顔を上げて首を横に振りながら言う。

「無理よ、明日《あした》からどうするのよ。あなたは明日もアレクセイのふりをするの？　あたしはあなたがいないのに、それを、さもいるかのようにごまかすの？　こんなの、いつまでも続かないわよ。露見してしまったら、あたしたち死んでしまうのかしら。……殺されるわよね」

「大丈夫です」

アナスタシアは、アレクサンドラの顔を覗《のぞ》き込みながら、はっきり言った。

「だって、まだわかりませんから」

胸の前に手を置いて、柔らかい口調で言葉を続ける。

「起こってもいないことを嘆いても仕方ありません。どうしたらいいのか、わからないなら、どうするべきか考えましょう」

「あなたは嫌じゃないの？　あなたの弟のせいでこうなっているのに」

話していて興奮してきたのか、アレクサンドラの双眸《そうぼう》から再び涙が溢《あふ》れ始める。嗚咽を嚙《か》み殺しながら彼女は言った。

「目的に向かって頑張ったのに、どうしてこんなに疲れるだけなのよ。こんなふうになるなんて思わなかった。なんでこんなに簡単に他人はあたしを陥れるのよ、困らせるのよ。そんなのおかしいわ。……こんな目にあって、あなたは疲れないの？」

「疲れません。まだ何もしていませんし……ほら、だって何もわかりませんから。方法は模索できます。まだこうして言葉を紡いで誰かと話をすれば、そこに言葉があるなら……」

――たとえ文字にならなくとも、そこに言葉があるなら。

アナスタシアは言葉の可能性を信じていた。今日、まぶたの裏に焼き付けた花押の紙を思い出す。未来はいつだって紡いでいけるはずだ。

そう思い返し、アナスタシアはアレクサンドラの涙を指で拭《ぬぐ》い取った。

「まだ大丈夫です。一緒にどうするべきか、一生懸命考えましょう。ままならない現実だと思考停止をしないように」

——文字は可能性を広げる魂のようなものだ。

いつでも父の言葉はアナスタシアの胸の中にある。

「今後、露見するまでずっと、あなたは弟の代わりを務めなければいけない。辛くないの？　苦しくないの？　露見したら殺されるのよ？」

「じ、実は……書記官を続けることが、ちょっと嬉《うれ》しかったりします。もちろん弟の行方は心配ですけど」

なので大変、複雑な気持ちです、と付け加える。

——だが両親の命もかかっていることだ。

そう能天気にはなれないのだが、それでも書記官の仕事にまだ携われるのが嬉しいのも事実だった。相反する気持ちを、アナスタシアは持て余していた。

「なによ、それ。あなたは変な人よね」

その複雑な感情が入り混じった言葉に、アレクサンドラが泣きながら笑みを見せる。

「一体、あなたの弟はどこに行ったのかしらね」

「わかりません。ただ、隠れんぼや鬼ごっこが得意な子でしたから」

そう答えるしかない。

もし何か起きていたら、その兆しのようなものが見えるはずだ。だが何もない。

アナスタシアは、無言で首を横に振った。

そんなアナスタシアの反応を見て、アレクサンドラが仕方ないといった表情になる。

「わかったわ。だったらあたしが、あなたの代わりになるしかないじゃない。あなたのいない間だけでも何とかするしかないわ」

「ありがとうございます。どうかお願いします」

深々とアナスタシアが頭を下げると、アレクサンドラが深い息を吐き出した。しかしそこに嗚咽の色は混じらなかった。

第三章　スルタンの罠《わな》

翌日、宮殿学校のノスマン大公の執務室で、アナスタシアは資料整理を行っていた。

その合間に、ローテーブルに置かれたコーヒーを飲みながら、昨夜の出来事を考えていた。

——アレクセイは、どこに行ってしまったのか。

千夜宮の出入り口は祝福の門か馬車の門の二つだ。そうそう簡単に後宮からは逃げられない。

朝の千夜宮には何の変化もなかった。ただ、後宮に変わりがないことは、問題がないことの証明にはならないが。

最初にアレクセイは、イドリースに連れられて千夜宮に来た。今のアレクセイに入れ替わっているアナスタシアが千夜宮に入れるのも、スルタンの許可があるからだ。後宮は誰でも出入りできるような場所ではない。

——なら今、アレクセイは、どうなってしまったのか。

最悪のパターンは考えたくはなかった。

だがアレクセイを殺すということは、アナスタシアとの入れ替わりが露見するということだ。今のところ、そのような気配はない。

アレクセイの後ろに何者かがいるのだろうか。

考えてもわからないけれど、露見していないのだからよしとしたい。

そう簡単ではないのもわかっているが、どうにも手がかりが少なかった。

「……ああ、それにしても」

アナスタシアはうっとりとした顔でコーヒーカップの受け皿を眺める。

「見事なまでのコーヒー色の彩色に、砂金石をこの上なく贅沢《ぜいたく》にまぶして、ダイヤモンドと金細工の組み合わせを上品に仕立て上げています。この星と小枝を抽象化した丸彫もロマンにあふれていて、味を楽しませる飾りになっていますね」

アナスタシアは鼻をくんくんとさせながら、コーヒーの匂いを味わう。

「芳《かぐわ》しい香りに甘さを引き立てる香ばしさ……宝飾はあくまでかざりです。この味を目と鼻で味わうため、最大限まで楽しむために、この受け皿は存在し、装飾も計算されているのです。ああ、本当にどこまでも……」

アナスタシアは立ち上がって、くるりとその場で舞うように回転した。そして胸の上で両手を組んで、天井を見上げた。胸の内に湧き上がる感情を、口から溢れさせたくなったのだ。

「ああ、感謝の気持ちを言葉にしたい。すべてのものに、ありが……」

そう言いかけた途端、執務室の扉が開いた。入ってきたのは講義に出ていたノスマン大公だ。アナスタシアは服装を正して座りなおし、こほんと咳払《せきばら》いする。

「ああ、コーヒーのなんと美味《おい》しいこと！　そ、そう、ど、どこまでも素晴らしき味なのです！」

「……お、また、楽しそうにしているね。いいよ、続けて」

「…………」

「いや、別に僕のことは無視して、好きにして構わないよ」

「あ、あの、やかましくしてしまい、大変申し訳なく……」

慌ててアナスタシアが付け足すと、ノスマン大公は微笑《ほほえ》みながら返す。

「いや、いいよ。どうぞ気にしないで。君、あまりにアンヌール帝国の言葉が流暢《りゅうちょう》だけど、ちゃんとカルス帝国の言葉も喋《しゃべ》れるんだね。安心したよ。……そうやって君が楽しそうにカルス帝国の言葉で話しているのを聞くと、こっちも同じ気持ちになるから。どうぞ、どうぞ、お好きなように、存分に」

そう言いながらノスマン大公は、意味ありげに、ため息を吐く。

――まったく楽しそうな雰囲気に見えない。

アナスタシアは、資料整理の手を休めて立ち上がり、ノスマン大公に問いかける。

「どうかしたのですか？　悩み事ですか？　たしか近い内に御前会議《ディヴァーヌ・ヒュマユーン》がありますよね。それの準備に追われているとかですか？」

「いや、うん、それもあるんだけど……君の姿と、ちょっと前に出会った女の姿が被《かぶ》ってね……。イドリース殿は教えてくれなかった彼女……」

「え？　なんの話をしているんですか？」

「……ちょっとあることがきっかけで、君とイドリース殿との昨日のやり取りが、どうにも気になってね」

アナスタシアは首を傾《かし》げた。アナスタシアが千夜宮に出入りすることを言っているのだろうか。どこまで彼に不審に思われているのかもわからず、素知らぬ顔で問い返す。

「私がスルタンとイドリース様に特別扱いされていることですか？　ですが、それはイドリース様が、ノスマン大公閣下と推し進めようとする宥和《ゆうわ》政策に……」

「いや、それは知っている、いるんだけど……」

ノスマン大公は、ゆるりとアナスタシアに近づいて尋ねた。

「あのさ、もしかしてイドリース殿と関係あったりする？　いや、奴隷だもんね。あると考えたほうが自然だよね。ごめんね、変な質問をしてしまったね」

「ないと思います」

アナスタシアは迷いなく答えた。

なんの話をしているのかわからないが、今は否定したほうがよさそうだ。

まだノスマン大公が納得していないような顔をしていたので、はっきりとアナスタシアは言い切る。

「ないです」

「えっ、ないの。意外。彼って意外と紳士なんだね。……ああ、でも良かった。何かいろいろな事情があって、それでたとえば仕事に支障が出るのであれば、さすがにそこは注意しようと思っていたので。君じゃなくて彼にね。宮殿学校での仕事のほうが重要度高いからね。余計なお世話でもね」

その言葉に、さらにアナスタシアは首を傾げた。

一体、彼が何を気にしているのか、さっぱりわからないからだ。

ノスマン大公も腕を組んで、首をひねっている。

「なんだろう、君の言葉を聞いても、もやもやが晴れないんだけど」

「それは困ります。今後の業務に支障が出ては」

「いや、その皮肉を……君が言えた義理かな」

深くため息を吐き出したノスマン大公は、アナスタシアへと手を伸ばしてきた。

「……一つ、試してみたいことがあるんだけど」

「はい？」

「できれば、しばらく身動きしないでほしいんだけど……」

戸惑うアナスタシアの手を、そのままノスマン大公は取ろうとしたが、「……うわっ」

と小さく叫ぶと、すぐにその手を離した。明らかな拒絶反応だ。

「えっ」

そしてそんな反応に、ノスマン大公自身も声を出して驚いているようだった。不可解な
ノスマン大公の態度に、ますますアナスタシアは首をひねるしかない。

「その反応、少し驚いてしまうのですが？」

「いや、僕のほうも……」

ノスマン大公も、なぜ自分がそんなことをしてしまったのか、理解できていないようだ。

しばらくして、こほんとノスマン大公は咳払いをした。

「き、気にしないでくれるかな」

そう言うノスマン大公の顔は、びっくりするほどに真っ赤だった。

しばらく考えて、アナスタシアは、あっと口元を手で押さえた。

——もしかして、この方は、私を意識……というか欲情しているのでは。

アンヌール帝国で男色は珍しくないと聞く。権力を手にするための手段としても存在し
ているようだ。

元々アレクセイは中性的な外見だ。顔が同じではあっても、アナスタシアとは違って、

繊細なガラス細工のような可憐《かれん》さと儚《はかな》さを併せ持っている。それでいて淫靡《いんび》な所作は、アナスタシアにはなし得ないものだ。

イドリースすら誑《たぶら》かしたのではないか、とアナスタシアはうっすら思ってしまっているくらいだ。

しかし今のアナスタシアはアレクセイではない。あの独特な繊細さを醸し出せているとは、到底思えないが、男装していることで、もしかするとアレクセイの雰囲気に近づけているのかもしれない。

アナスタシアは推測を確信に変えるため、ノスマン大公の手を握ろうとした。

「いきなり何をするんだ」

そう言いながら激しく拒絶されて、アナスタシアは、やっぱりと理解した。

ノスマン大公は、無自覚にアナスタシアを意識している。

――しかもこの反応、下手をすると男相手は初恋では。

しかし「男色は初めてですか？」などと聞くわけにはいかない。

動揺するノスマン大公に、アナスタシアはゆるゆると告げた。

「ノスマン大公閣下も、急に私に触ってきたでしょう。だからお返しみたいなものです」

「そう言われると、まあたしかに」

居心地悪げにノスマン大公はアナスタシアから顔を背けた。

問題はこの気持ちを仕事に持ち込んではいけないことだ。

　——だが杞憂《きゆう》だろう。彼が男を好きな方だとしても、結局私は女だから、ノスマン大公の想《おも》いには、応《こた》えることはできない。

だがそもそも、アナスタシアが女だと露見してもいけないのだから、今以上に、身体《からだ》の接触には気をつけたほうがいいかもしれないと考えていた。

だが、とアナスタシアはノスマン大公を一瞥《いちべつ》する。手を繋《つな》ごうとするだけで、この有様《ありさま》なのだ。しばらくは様子を見るだけで問題ないのかもしれない。

そこまで考えて、アナスタシアの胸に、薄暗い、もやっとしたものが浮かぶ。

――この気持ちはなんだろう。

答えが出てこない。

だが同じように、アナスタシアへの感情を持て余しているノスマン大公を見て、なぜか安堵《あんど》したのも事実だった。

――私のもやもやと、この方のもやもやは、同じなのだろうか。

今は考えても答えは出ない気がした。

だから、その気持ちの代わりに、別の言葉を口にする。

「……ノスマン大公閣下が、何をお悩みなのかは、いまいちわかりませんが、今の私の最優先事項はノスマン大公閣下に関することで、イドリース様ではありません。ですので、ここでイドリース様のお名前を出す必要はないかと」

真実だ。

今のアナスタシアにとっては、ノスマン大公の書記官《キャーティブ》をやり切ることこそが使命だ。

「……そう」

ふっと、ノスマン大公の顔が和らぐ。

「そう、かぁ」

花開くように破顔しながら、彼は言う。

「そこまで君が言うというなら、安心して、君と仕事ができるね」

アナスタシアの言葉が、それほどまでに彼の心を開かせたのか。

困惑気味のアナスタシアに、ノスマン大公は軽やかに話しかける。

「──と、いうことで、今日は宮殿学校で少し時を過ごしたら、新都市に行ってみようか？」

「新都市？」

「ああ、正確にいうなら新都市ではなく、従属国の一都市だけどね」

アリスタシアの疑問にノスマン大公が答えた。

そういえば昨日、アナスタシアが新都市に行きたいと頼んでいた。それを叶《かな》えてくれるのだろう。あまりの展開の速さに驚きながらも、アナスタシアはそこに何かしらの思惑を感じ取っていた。

「行きたいって、言っていたでしょ、君」

「ええ。ですが、こんなに早くとは」

その言葉にノスマン大公は無言のまま笑みだけ返す。

執務室から出ようとするノスマン大公に、慌ててアナスタシアはついていく。そしてその背中に、はずんだ口調で声をかけた。

「どのようなことでも、すべて学ばせていただきます」

だが返ってきたノスマン大公の言葉は冷たいものだった。

「違うよ。別にこれは君の勉強のためじゃない。前にも言ったでしょ。改宗したものたちがどういう扱いを受けているのか、それを周囲に見せつけるためのものだよ。まだ新都市のものたち全員が、改宗を済ませているわけではなく、中には迷っているものたちもいるんだ。彼らの背中を押しに行くんだよ」

ノスマン大公は、冷え切った眼差《まなざ》しだけアナスタシアに向けながら言う。

「だって、アンヌール帝国の従属国としての新都市にする予定なんだから。そろそろ彼らにも、覚悟を決めてもらわないと」

※

アナスタシアたちは、馬車に乗って新都市に向かっていた。河を幾つも渡って数刻ののちに新都市につくと、そこにはアンヌール帝国とは異なる風景が広がっていた。

アナスタシアのいた街とそっくりで懐かしさすら覚える。

ここはアンヌール帝国ではない。カルス帝国そのままだ。

文化は一つも蹂躙《じゅうりん》されていない。

住人たちの衣服だけでなく食生活もそのままだ。

街並みについては少し戦火の痕跡《こんせき》があるが、いくらか家の瓦礫《がれき》が残っている程度で、それほど痛々しさはない。街路のあちこちにも焼け焦げたような形跡があるが、水で綺麗《きれい》に洗い流されている。

あちこちから、子供たちが遊んでいるのか、楽しそうな笑い声が聞こえてきた。大人たちの叱責《しっせき》する声も一緒に聞こえてくるが、それすらも微笑《ほほえ》ましく感じる。

たしかに戦の痕跡は残っているが、すでに人々の様子は日常を取り戻しているようだ。

それもすべて、ここを治めていたノスマン大公が早々と投降した上で、改宗を行い、スルタンに忠誠を誓ったからだろう。その変わり身の早さは、周辺国から悪く思われているようだが、ここの住人たちは気にせずノスマン大公を讃《たた》えて生活しているようだ。

馬車から降りたアナスタシアは、周囲の視線を感じて困惑した。

自分だけ浮いているように思えて戸惑ってしまいそうになったが、あることに気づいて、再度、周囲を見渡した。

アナスタシアとノスマン大公の衣装は周囲の住人たちのものと同じカルス帝国のものだ。

それは、彼がそのうち、この新都市に戻ってくることを意味していた。だからこそスルタンは、彼にその衣装を着ることを許しているのだ。

宥和《ゆうわ》政策の象徴として、そのほうがわかりやすいからだ。

馬車から降りて、背筋をぴんと伸ばして堂々と歩くノスマン大公に、自然と周囲の視線は集まっていく。それだけ彼は漲《みなぎ》るようなオーラを放っていた。

ノスマン大公の視線は住人たちに向けられていた。

そのとき強い風が吹いて、少し離れたところを走っていた子供の帽子が飛ばされる。

ノスマン大公の着ていた紫色の外套《クローク》もひらひらと揺れ動くほどの強風だ。

子供が「あっ」と小さな声を上げた。帽子がノスマン大公の足元に転がったからだ。

子供は不安げにノスマン大公を遠くから見つめている。ノスマン大公は足元の帽子を拾い上げると、ゆっくりとその子供に近づいていく。

強い風に揺られるたびに、ノスマン大公の外套の光沢が日に照らされて輝いて見える。

その様は神々しくもあった。彼の金髪も、太陽の光で澄んだ光を放っている。

穏やかなノスマン大公の微笑に、子供は安堵の表情を見せる。そして子供が近寄ってくると、ノスマン大公はかがみ込んでその子供に視線を合わせていた。

ノスマン大公は柔和な笑みを浮かべながら、子供の頭に帽子をかぶせた。それだけなのに周囲がざわめく。

ノスマン大公の一挙一動に、周囲のものたちは注目している。だがノスマン大公は動じない。一身に寄せられる希望と期待と羨望《せんぼう》の眼差しを、すべて受け止めるのだと。そう思えてしまうほどに、慈愛と配慮に満ち溢《あふ》れた表情を、彼はずっと浮かべていた。

それは強さではない。

あえていうなら柔らかい風のように。

真綿のように温かく包み込み、すべての想いを受け止められるように。

そういう優しい覚悟を、彼は双眸《そうぼう》にたたえているのだ。

こんなにもノスマン大公の存在感が際立っているとは、アナスタシアには思いもよらなかった。その凄《すさ》まじさにアナスタシアは、驚きの声すら上げることができない。

――もしノスマン大公が死んだら、この場所はどうなってしまうのだろう。

アナスタシアは、ぞわっと悪寒を覚えた。

きっと目の前にあるものは、すべて儚く消えてなくなってしまう。

子供の笑い声は当たり前のように聞こえなくなり、日常は崩れ去っていく。

この街が無事なのは、ノスマン大公がすぐに改宗したからだ。

そしてこれからも無事を約束されているのは、ノスマン大公が新都市の都知事になることが決まっているからだ。

全ては、ノスマン大公が生きているからこそ成り立っているのだ。

なんて危ういのだろう。

スルタンが彼を特別視するわけがわかった。

ノスマン大公は、ただそこにいるだけで人を惹《ひ》きつけるほどのカリスマ性を備えており、かつそれをある程度自由に、制御できるのだ。

実際にアナスタシアも宮殿学校にいるときは、彼の美貌《びぼう》は理解していながらも、内に秘めた魅力にまでは気づいていなかった。

彼のこの魅力は、カルス帝国であった場所でこそ、明確に生きてくるのだ。

アナスタシアは彼の存在を支えるための柱だ。それだけではなく、彼の華美さを際立たせるための添え物だ。だからこそ彼の姿を血で染め上げてはいけないし、彼の邪魔になってはいけない。

アナスタシアは、ようやく命の危険を実感する。

有和政策を邪魔に思うものがいるのなら、彼かアナスタシアを殺すはずだ。

それだけで、この宥和政策は失敗するのだから。

※

街を見学している内に、ノスマン大公が道を変えたいと申し出た。近くにいた従者に、何やら耳打ちしているようだ。

ノスマン大公の提案に、周囲のものたちは足を止める。近衛兵《このえへい》たちが顔を見合わせて、ノスマン大公の提案を叶えるにはどうしたらいいか、どこの経路を通るべきか、従者たちを巻き込んで話し合っている。

手持ち無沙汰《ぶさた》なアナスタシアは、ぼんやりと周囲を眺めていると、どこか妙な違和感に気づいた。あくまでノスマン大公から必要以上に離れないようにしながら、その違和感を覚える場所に近づく。

集まった街の人々の合間に、薄暗い影のような場所があった。一体、なんなのだろうと首を伸ばしたアナスタシアは、その違和感の正体に気づく。

暁月教《あかつききょう》の教会が壊されていた。

窓のステンドグラスは粉々に砕け散り、壁は瓦礫と化して見るも無残に崩壊している。暁月教のシンボルでもあった祭壇の十字架は上から半分が存在しておらず、表面は焼け焦げて煤《すす》で汚れており、かつての信仰の象徴としての輝きなどどこにもなかった。

見る影もない教会の姿に、アナスタシアは呆然《ぼうぜん》としてしまう。

他の街並みに被害はなかった。つまりこの損傷は意図的なものだ。

アナスタシアの脳裏に浮かぶのは、炎に包まれた故郷の教会だ。

まるで目の前の光景のように瞬時に思い出せる。

この無残に壊された教会を見せるために、ここに連れてきたのか。

アナスタシアはノスマン大公を一瞥《いちべつ》した。

——私《アレクセイ》が選ばれたのは必然だった。

アレクセイは教会の神父の子供だ。もちろんアナスタシアもだ。

すべては、イドリースが奴隷として二人を買い取ったときから、決まっていた運命だったのだ。

ノスマン大公がアナスタシアの視線に気づき、目配せをしてきた。ウインクしているような冗談めいた仕草だったが、アナスタシアには理解できた。

——この有様《ありさま》に耐えられるか。

そうノスマン大公の視線が訴えかけてきているのだ。

ノスマン大公はアナスタシアの覚悟を試している。

トラウマがフラッシュバックしないか確認している。

この程度でうろたえるなら、書記官として相応《ふさわ》しくないと思われてしまうだろう。

——そうはさせない。

させるつもりもなかった。

アナスタシアはノスマン大公に対して、にこりと微笑みかけると、彼の方に歩み寄る。

少し戸惑うように目をまたたかせた彼に向かって、アナスタシアはその場で拾い上げた石を見せつけた。

不思議そうにこちらを眺めてくる彼に、もう一度アナスタシアは微笑みかけると、その石を崩壊した教会に向かって投げつけたのだ。

「ええええ、ちょっと、なにしているの！」

「石を投げたい気持ちになりまして、ちょうどいい的があったので、つい」

慌てて駆け寄ってきたノスマン大公に、またにこりと微笑みかければ、彼は引きつった笑みを浮かべた。

「つい、じゃないよ。あまりに唐突すぎて驚くより心配しちゃったよ。大丈夫？」

「問題ありません。だってもう私は、暁月教の信者ではありませんから」

その言葉にノスマン大公は表情を消した。

——やはりそうだ。

ノスマン大公はアナスタシアの覚悟を試していた。

「ですから、このように……」

アナスタシアは先程よりも大きめの石を拾い上げると、それを教会に向けて放り投げようとして、ノスマン大公に止められた。

「こーら、やめなさい。僕の書記官ともあろうものが、はしたない」

そう言ってノスマン大公はアナスタシアを止めようとしたが、今の彼では彼女に触れられないとわかると、さっと腕を引いた。

その反動でノスマン大公の身体が、ぐらりと傾く。

それに気づいたアナスタシアが慌ててノスマン大公を支えようとしたが、彼のほうも慌てた様子でアナスタシアの手を払いのけた。

「あっ！」

悲鳴が重なり、二人の身体が倒れてしまうのは一瞬のことだった。

ノスマン大公を押し倒すような形で、アナスタシアは彼に馬乗りになる。

「…………」

ノスマン大公は、しばらく無言を貫いたのちに、ゆるゆると瞼《まぶた》を開いてアナスタシアに告げた。

「男が男を押し倒すのは、さすがにどうかと思う」

「押し倒していません」

アナスタシアは、はっきりと否定した。

「……だけど僕は恥ずかしい」

「それはさすがにノスマン大公閣下の気持ちの問題では」

アナスタシアが突っ込むと、ノスマン大公は顔を両手で覆った。

――ちょっと可愛い。

さすがにその感想は口にしない。

ゆっくりとアナスタシアが立ち上がると、ノスマン大公も気まずげに身を起こしたのだった。

アナスタシアは困惑してしまったが、少しいたずらめいた考えを思いついてしまう。ノスマン大公を困らせるとわかっていて、それでもアナスタシアは口にした。

「……あの、わかりました。石を投げるのは、やめます」

「本当にやめてくれる？　ありがとう！」

「ですので、一つだけ気になることを教えてください。たしかノスマン大公閣下は、すぐに改宗されましたよね」

――それは街を守るためだったのか。

直接的なことを尋ねることはできないが、彼の気持ちを少しでも知りたかったのだ。

「やはりそうするのには、何かきっかけがあったんですか？」

「え？　何もないよ？」

あっさりと返ってきた言葉にアナスタシアは啞然《あぜん》とした。

ノスマン大公は小さく息をつくと言った。

「だって改宗したら、今まで持っていた権利を全部返してもらえるだけじゃなく、今まで通りのお仕事を続けていいだけじゃなく、もっと偉くなれるチャンスも貰《もら》えるんだって聞いたのなら、そりゃ誰だって改宗しない？」

「私もするので同意します」

「へぇ」

その返答は、アレクセイが教会出身であることを知っていたからだろう、どこか試すような響きだった。だからアナスタシアは微笑《ほほえ》んで、こう返す。

「私が生きるために改宗したことを、神は許してくださると思います」

ノスマン大公は周囲を見渡しながら苦笑した。

「……及第点。そういうのは、もっと、わかりにくく言うように。まるで改宗は見せかけで、神への真なる心はまだ君の内にあるように見えるからね」

信仰の話になり、アナスタシアは胸を手で押さえた。そこにはアナスタシアがずっと所持している紙の切れ端が、下着の中に隠されている。

「ではノスマン大公は……神様への信仰はどうお考えなのですか？」

「それって今の？　昔の？」

「昔のお話です。神を変えることに抵抗はなかったのですか？」

「そもそも君、どうして、あの宗教ができたか知っている？」

「暁月教ですか？……ああ、蒼月教《そうげつきょう》のほうですか？　それなら月に住む唯一神が遠くに存在する星に気づいて……」

「いやいや、そっちじゃないよ。体裁を整えたほうじゃなくて本当の起源」

「本当の起源、ですか？」

ノスマン大公が何を求めているのかわからず、アナスタシアは首を傾《かし》げた。

「知らないかあ……。まあ、書物には書いていないことだろうしね。さすがにこればかりは現地に住んでいた人からの伝聞じゃないとね。わからないよね」

そこまで言うと彼は地面から拾った石を教会に向けて投げつけた。

「ノスマン大公閣下⁉」

「えいっとね。なるほどね、これ、やってみると意外と面白いね」

動揺するアナスタシアに、ノスマン大公は快活に笑いながら言った。

「……さて、蒼月教が、暁月教よりあとにできたことは知っている？」

「は、はい、そのくらいは」

アナスタシアの言葉に、ノスマン大公は周囲を見回しながら言った。

「蒼月教はね、実は元々多神教だったんだよ」

「えっ」と驚くアナスタシアに、ノスマン大公は苦笑して言葉を続けた。

「だけどその宗教を崇《あが》めていた信徒たちは、自分たちの生活に余裕ができた途端、周りのことを羨《うらや》ましがりはじめたのさ。あれがほしい、これが良《い》い、これを真似《まね》したい、ああいうふうに生きてみたい。多くの人たちが行っていることだ、きっと、それこそが正しいやり方なんだ。そうすれば、もっと楽しい生き方ができるんじゃないかってね」

そしてノスマン大公はアナスタシアを指さした。

「それで、ああ……あそこの大国で流行《はや》っている暁月教を真似しちゃおうってなって、数多《あまた》いた神様の中から一柱、それなりに威信のある神様を選んで、この神様は暁月教の神様と同一の存在ですって、あとから主張したわけ」

「太陽と月なのに？」

「ああ、君、宗教学わかってないね。だからこそ一緒なんだよ。表裏一体、見せる姿は時間によって変わるだけなのさ」

――この人は本当に宗教学が好きなのだろう。

熱弁を振るうノスマン大公の瞳《ひとみ》は、幼子のようにきらきらしていた。そのまま彼は軽やかな声で言葉を続ける。

「でも最終的に、一人、取り残された神様は、たまったもんじゃないだろうね。信仰の形を勝手に変えられた挙げ句に周りにいた仲間をすべて消されてしまったのだから。その想《おも》いを考えると、胸の奥に昏《くら》い気持ちが残ってしまうね。そういえば、この前……」

「え？」

「ちょっと前に、君と雰囲気がそっくりな子に出会ったんだけど、その行方を知っていそうな人に聞いても何も教えてくれなかったし、きっと二度と会えないだろうね。その子が、まさに、その取り残された古代の神の化身のようで……」

――それはきっと私のことだ。

焦るアナスタシアは話題を変えることにした。

正体を見破られるわけにはいかないからだ。

「で、でも、それって、もとを辿《たど》れば、結局、別々の神ということでは？」

「今が一緒なら、同一の神だよ。起源がどうあれ後付であっても、今の神様が同じだっていうなら、別にガワが変わろうが、どうでもよくない？　こんな感じで歴史を学んで元を辿れば、しょせん大したことないことのほうが多いの。そんなふうに理解しちゃえば、別に改宗なんて、どうってことないでしょ」

彼の思い切りの良さにアナスタシアは感心している。

彼は照れくさそうに後頭部をかきながら言った。

「長い話をしちゃったんだけどさ。こんな感じで、あまり感情的にならず、己の気持ちではなく事実を見据えるとさ、見えてくるものもあるとは思わない？　だから……」

「だから石を投げるようなことくらいは、やっぱりしてもいいのでは？」

そこでノスマン大公は、再び石を拾おうとしたアナスタシアの行為を止めた。

「考え方によるよね。改宗した今、神様が一緒なのだからと同じように大切にするのか、それとも既に神のいない廃墟《はいきょ》だから問題ないと考えるのか……」

「それならば、なぜ先程は石を投げられたのですか？」

「君の気持ちを理解したかったからだよ。なんにも考えないで投げる行為をするのは楽しかったけど、でもそれだけだったかな」

そうノスマン大公は言って、アナスタシアに石を捨てさせた。

「感情に任せて軽率に石を投げるのは、やめようね。僕が言いたいのはそういうこと」

「……すごくロジカルな考え方をしているんですね。もっとノスマン大公閣下は、感情で動く方だと思っていました」

「え？　どうして？」

首を傾げたノスマン大公は、ぽんと手を打った。

「あーなるほど。僕が都市のみんなを救うために、改宗したと思ったの？　ないない、そういうのじゃないよ。付加価値としてはそうだけど……僕は彼らの――アンヌール帝国の大宰相やスルタンの考えが気に入ったんだ。彼らの考えた宥和《ゆうわ》政策は、傷が互いに少なくて済む。それに守りたいものも、大事にずっと未来まで抱えていくことができる。お互い良いこと尽《ず》くめなら、それに乗っかってみるべきじゃないかな？」

「その辺がロジカルだと思います」

アナスタシアがくすりと笑うと、ノスマン大公は複雑そうな顔をした。

「……ああ、君がどうして僕に、そういう質問をしたのか理解したよ。色々気づいちゃったんだね。そんなこと、君は気にしなくていいよ」

ノスマン大公が言っているのは、アレクセイが選ばれた理由だろうか。その推測は果たして正しかった。

「君が選ばれたのは、たしかに君が暁月教の神父の子として生まれて、そうするのが当たり前だと思うくらいに密接にかの宗教に関わり合いながら育《はぐく》まれてきた子だからだ。そんな君が奴隷になったからといって、簡単に宗教を変えられるのか、それを試されているところはある。なにせ生粋《きっすい》の信仰心だ。生半可なものじゃないからね」

「変えられますよ」

「……簡単に言うね。さっき君は神の許しについて話をしていただろう。それこそが、君がまだ神様にこだわりを持っている証拠なんじゃないかな」

「私の神様は——……」

ノスマン大公の問いに、アナスタシアは少し躊躇《ちゅうちょ》したが続きを口にする。

「私の神様は、書物であり、文字です。人の放つ言語そのものです」

ざあっと強い風が吹いて、アナスタシアの髪を翻弄《ほんろう》するかのように、ぐちゃぐちゃにかき乱す。まるで神から邪魔をされているようだ。タイミングの良い自然現象に苦笑する。

視界を髪の毛に遮られながらも、口を開いた。

「私にとって大事なのは、教会という場所で、書物や人との会話から学んだことです。信仰そのものではありませんから」

——たとえアナスタシアが奴隷であろうが、アレクセイのふりをしようが、そんなことは関係ない。

アナスタシアがアナスタシアとして存在するための、絶対条件だ。

「そ、それ、言葉にするのは僕の前だけにしてね。そこまで思い切りがいいとは思わなかったよ。その言葉の危険性、わかっているよね？　わかってくれるよね？」

その言葉にアナスタシアが首を傾げると、ノスマン大公が驚いたような表情をする。

「おっと、わかっていない」

「大丈夫です。わかっています」

「うん、わかってない。そのへんがわかってないとこ」

「何も問題ありません。私は気にしません」

「うん、君はそうだろうね。少しは気にしたほうが、いいんじゃないかな」

「そうなのですか？　どの辺りを気にするべきですか」

「いや、いいよ。深く突っ込まないで。ごめん。話を振った僕が悪かったよ」

曖昧《あいまい》に笑うノスマン大公に、アナスタシアも笑い返した。

――この日常もいつかは終わってしまうのだろう。

しょせん今のアナスタシアは、一時的なアレクセイの入れ替わりでしかないのだから。

※

ノスマン大公がいない。

新都市を見学し終えて、いざアンヌール帝国の首都に戻るとなったときに、周囲の人たちがノスマン大公の姿が見えないことに気づいた。

近衛兵《このえへい》にも聞かれたのだが行方がわからない。

「一体、いつからいないのですか」

そう確認したが、近衛兵たちも知らないようで、顔を見合わせて慌てている。

「予定表を見せてくださいますか」

近衛兵から渡された予定表を見て、アナスタシアは違和感に気づく。

「これは……他の人の予定表も見せてください」

文章に改ざんの痕跡《こんせき》がある。

ノスマン大公の書記官として、様々な資料を見慣れていたアナスタシアにとって、文書の些細《ささい》な違和感を見つけるのは容易だった。

「この辺りの地図を見せてもらえますか」

頭にある程度入っていたが、近衛兵に改めて見せてもらう必要があった。

ノスマン大公は、アナスタシアに破壊された教会を見せてまわっていた。

既にアナスタシアが鋼鉄の精神を持っているとわかったあとも、次々と壊れている教会を見学させ続けていた。周囲の人たちに気づかれないように。

それならばこの付近にも、破壊された教会があるなら、それをそれとなく見せたかったはずだ。だが、周囲を見渡す限り、ここにそのような教会はない。

「……もしかしたら、ノスマン大公閣下の居場所が、わかったかもしれません」

地図から顔を上げて、アナスタシアは近衛兵たちに言った。

そして一部の近衛兵たちだけ連れて、その心当たりのある場所——一番近い教会を目指して向かったところ、剣《サイフ》を打ち合う音が聞こえた。人のうめき声も聞こえてくる。

アナスタシアは近衛兵たちと頷《うなず》きあうと、焦燥感をにじませて音のしたほうに向かった。

人の叫び声がした。

崩れた教会の瓦礫《がれき》の傍《そば》で見たものは、見知らぬ男を剣で斬り伏せたノスマン大公の姿だった。

「……よく僕の居場所がわかったね」

そう言いながらノスマン大公は、頬に付着した返り血を拭《ぬぐ》った。

彼の足元からは、斬り伏せた男から流れ出た血が伸びていく。

アナスタシアはつばを飲み込みながら、一歩前へ踏み出して言った。

「予定表の一部が、不自然に破り取られていました。他の予定表を見ると、改ざんされた形跡もありました。おそらく近衛兵たちの動きを攪乱《かくらん》したのかと……」

「へぇ、誰がそんなことをしたんだろうね」

アナスタシアの言葉に、ノスマン大公は、ゆっくり近づきながら、誰にともなく問いかける。血まみれの剣と鞘《さや》を近衛兵の一人に差し出すと、近衛兵は慌ててそれを受け取り、新しい剣をノスマン大公に差し出す。それを受け取り、ノスマン大公は薄く笑った。

「予定表の改ざんなんて、近い人間じゃないとできないことなのに、結構うまくやったんだね。僕の周りの近衛兵たちも、不自然にいなくなっていたし」

そこまで言われてアナスタシアは、はっとした。

暗にノスマン大公は、傍にいた一部の近衛兵たちの仕業だと言っているのだ。

「信頼できる近衛兵たちを連れてきてくれて、ありがとう。さすがにそれは偶然だよね。君の幸運に感謝だね」

「ノスマン大公閣下」

アナスタシアは深く息を吐き出した。もしアナスタシアの連れてきた近衛兵が、今回の件を企《たくら》んだものたちの一味なら、既にアナスタシアの命はなくなっていただろう。

「なにはともあれ、君も無事で良かったよ」

「ですが今回のことは……」

このままで済ませていいはずがない。アナスタシアは言葉を飲み込んだ。書記官である自分が口にしていい話ではないからだ。

「まあ、僕の身に何も起こらなかったのだから問題ないよ」

「このままでいいのですか」

「よくはないね。でも、このままにしておくしかない。大事にはできないからね。僕が宥和政策の象徴である限りは、表面上は波風を立てないように努めるしかない」

アナスタシアの脳裏に復興途中の街並みが思い浮かぶ。その中で輝くノスマン大公の姿もだ。顔を上げて、アナスタシアは言った。

「どうして身を守ることを優先しないのですか？　己の命を危険に晒《さら》すのですか？　ご自分の命をなんとも思っていないのですか？」

「え？」

啞然《あぜん》としたノスマン大公は新しい剣をしまいながら、ぶっと笑った。

「違うよ、逆だよ。最初は改宗が一番、己の命を守る手段だと思ったんだよ。でも、どうせその道にするなら、僕だけじゃなく他のものたちも、大勢一緒に助ける道を選んじゃおうと思っただけで。ついでだよ、ついで。そんなに難しくて大げさな話じゃないよ。そしたら結果的に、一番僕の命が危なくなったっていうだけで」

そう言いながらノスマン大公はけらけらと快活に笑う。

アナスタシアにとって、その言葉は衝撃だった。

己の命を軽く考えているようで、実は天秤《てんびん》にかけて、その命の価値を理解した上で、まるで道具のように扱っているだけなのだ。無自覚に彼は人を救おうとしている。その純粋さにアナスタシアは驚いてしまったのだ。

「あ、一番じゃないね。二番だね。今は君が一番危険だ」

「ノスマン大公閣下。そのように笑って返すような状況ではありません。ご自覚くださいませ」

「じゃあ、どうにかしてくれる？　なんてね、ごめんね。たかが書記官である君に言うべきことではなかったかな」

「……いいえ、私がどうにかいたします。お任せくださいませ」

「そう」

アナスタシアの決意をさらりと受け流して、ノスマン大公は紫色の外套《クローク》を翻しながら、アナスタシアの横を通り過ぎようとした。

だが、アナスタシアは苛立《いらだ》ちの感情のままに、彼の腕をつかんで、その歩みを止めた。

――彼の男色への戸惑いを利用することにはなるが、許してほしい。

ぎょっとして振りほどこうとするノスマン大公を押さえ込み、アナスタシアは叫んだ。

「……私は本気です！　本気であなたを守りたいと思っています！　私の覚悟を軽んじないでいただきたいのです！」

「…………」

真っ直《す》ぐ見つめてくるアナスタシアの視線を受け止めて、ノスマン大公は嘆息しながら言う。

「無理やり書記官にされたようなものだろう。自分の命がかかっているのに、そこまで僕を守ろうとする意味は？　イドリース殿の調教の結果？」

「イドリース様は関係ありません！　茶化さないでください！」

激しく言い返されて、口を噤《つぐ》んだノスマン大公に、アナスタシアは畳み掛けるように言った。

「あなたのことを尊敬しているからです！　あなたがこの場所に住まうものたちにとって、必要だと感じたから！　だって、みんな、あなたを、あんなにも真っ直ぐに見つめて……」

「そう」

アナスタシアの言葉を聞いて、ノスマン大公は疲れたような笑みを浮かべた。

「彼らの視線には気づいているよ。それは僕が自覚するべき領域だ」

そう言いながら、ノスマン大公はすごく丁寧に彼女の手を腕から引き剝《は》がそうとする。

「よし、君の理屈はわかったから、まずは、その手を離してほしい」

「本当にわかりましたか？」

アナスタシアがそれでも無理にノスマン大公の腕をつかみ続けようとすると、とうとうノスマン大公は根負けしたのか、彼にしては珍しい情けない声を出した。

「いや、ほんとにわかったので。わかったから」

観念したような気配を察して、アナスタシアはようやくノスマン大公から手を離す。

やれやれ、といわんばかりの表情で、ノスマン大公はアナスタシアに顔を向けた。

「さて、君がそうやってやる気なら、僕も少し厄介事に首を突っ込んじゃおうかな。現状、何をしても危険なら、どう動いたところで、そのリスクは変わらないだろうしね」

楽しそうに声を弾ませてノスマン大公が言う。

その口調に不安を感じてアナスタシアは問いかけた。

「何をするのですか？」

「明日《あした》にはわかるよ」

不穏さを漂わせながら、ノスマン大公は言葉を続ける。

「君のせいじゃないよ。どうせいつかはこうなっていた。少し早くなっただけさ」

※

翌日、アナスタシアは、アマル宮殿の外廷にある『月下の間』と呼ばれるホールに来ていた。

御前会議《ディヴァーヌ・ヒュマユーン》が開かれるのだ。主催者は大宰相イドリースで、帝国中央の高官たちが集まり、国政の重要問題を議論しあうのだ。参加者は大宰相や高官以外に、宰相、軍事法官、国璽尚書《ニシャンジェ》と財務長官と、数多《あまた》の権力者が勢揃《せいぞろ》いだ。御前会議とは名ばかりで昔とは違い、今はスルタンの参加はない。

そしてここに、今回、ノスマン大公が、スルタンと大宰相の配慮により参加する。

圧巻の光景に息を飲むアナスタシアは、おずおずとノスマン大公に問いかけた。

「このような会議に私が参加していいのですか……。書物でしか読んだことのない、こんな重要な場に私が……」

「いいよ。そのために君がいるのだから。会議での僕の発言や、僕に関連することだけ記録してほしい。あちらでね」

ノスマン大公は参加者の集まっている中央の場ではなく、その横を指差した。そこにはアリスタシアと同じ書記官たちが座っている。

「あそこは御前会議事務諸局《ディヴァーヌ・ヒュマユーン・カレムレリ》ですよね」

そこでは書記官たちが、御前会議についての資料の作成や管理を行っているのだ。本来、その事務諸局の書記官は国璽尚書の管理下に置かれるが、アナスタシアは特別に大宰相とノスマン大公の配下という位置づけだ。

アナスタシアはノスマン大公の意図を察した。彼らに議事録を任せたときに、彼らの都合のいいように文書を改ざんされる可能性がある。だからこそアナスタシアにも記録させようとしているのだ。

そうした思惑も露呈しているからだろう。他の書記官たちの視線が痛い。

ノスマン大公はそんな様子に気づいていないのか、とぼけたような表情で言う。

「正直、今回は僕の参加そのものが形式的なものだから。それほど大事な話はしないと思うよ。たぶんね」

そう言うノスマン大公の言葉をアナスタシアは信じていなかった。昨日、何かやらかしそうなことを口にしていたのだ。

だが同時にわくわくした思いも抱いていた。

「この書類を書記官長《レイス・ウル・キュッターヴ》に渡してほしい。誰が書記官長かわかるよね。彼には君のことを伝えてあるから、適切な場所に座って仕事をして」

「かしこまりました。問題ありません」

書記官長はその名の通り、書記官のトップだ。当然、ここの書記官たちも監督している。アナスタシアは書記官長に近づき、書類を渡しながら事情を話す。彼は無表情ながらもアナスタシアの座る場所を指示する。そこに座って、筆《カラム》を取る。参加者たちの顔を食い入るように見つめた。

そして会議が始まった。

議題の中心はカルス帝国のことだ。それに関連する政策に国の予算をどこまで割り当てるべきか、内廷と外廷で意見が食い違い、問題になっているのだ。

カルス帝国の首都を占領して支配しているものの、かの国の土地は広大だ。そのほとんどを占領してはいるが、幾つかの小国はまだ抵抗している。それを最小限の余力で抑えつけるには、どうしたらいいのかも課題だ。

そこでノスマン大公を象徴とした有和《ゆうわ》政策を推し進めているのだ。

その効果は目に見えるほどで、少なくとも幾つかの小国から交渉の申し出があったようだ。

続いて宮殿学校の話に移る。宮殿学校の運用の規模が大きくなり始めているため、専門部署を内廷か外廷に作ったほうがいいのではという意見だ。すぐに結論は出ず、次の会議に持ち越しになった。

「——その、宮殿学校のことなんだけど」

そこで口を挟んだのはノスマン大公だ。みんなの視線が一斉に彼に集まる。

「宮殿学校で臨時的に教授をさせてもらっているけれども、あそこは人材の宝庫だ。習い事程度とはいえ、女性ですら学ばせるほどの可能性に満ちた場所だ」

ノスマン大公は、大げさな身振り手振りをしながら言った。

「だからたとえば、今度、僕が都知事になる予定の新都市の住民の中で、希望者を募って宮殿学校で学ばせるというのはどうだろう」

ノスマン大公の言葉に、周囲がざわつく。嫌な騒ぎ方だ。ノスマン大公は、それに油を注ぐような発言をした。

「女性でもいいかな。この国の女性が宮殿学校で学べるというなら、新都市の女性にも、その権利を与えてもいいんじゃないかなと思うんだけど」

そこまで言って、ノスマン大公は薄く笑った。

その笑みに刺激されて、周囲の参加者たちの空気がひりつく。独特の緊張感にアナスタシアは身を震わせた。

そこでようやくアナスタシアは、なぜ彼がこの会議に出席できるのかを理解した。

ここにいるものは、全員、大宰相候補だ。この国の今までの大宰相の候補とされてきたものたちを思い出す。法官に軍事法官、国璽尚書に財務長官——そして、宮殿学校の教授だ。

そしてノスマン大公は、臨時でありながらも宮殿学校の教授だ。

——そうか。

彼はカルス帝国出身でありながら、アンヌール帝国の大宰相になれるだけの立場にいるのだ。しかもスルタンに気に入られているというだけで、ここまで上りつめたようなものだ。その事実を気に食わないものもいるだろう。

だからこそ「そのようなことが許されるわけがなかろう」と、怒りをこらえるような表情で国璽尚書が言ってきたのだ。

「そうかな、良《い》い案だと思ったのだけれど」

ノスマン大公が、意外なほどあっさりと意見を引っ込めた。しかし間髪を容《い》れず言う。

「じゃあ、こういうのはどうかな。今度、僕が新都市にこの国の書記官を連れて行き、派遣という体で学ばせるというのはありなのかな？　宮殿学校への留学は諦《あきら》めるから」

「派遣させておいて有能であれば、そのまま恒久雇用でもする気ですかな」

法官の一人がからかうように言う。

「それいいね。そちらが許すのであれば、たとえば交換派遣や……もしくは新都市からの派遣だけでも面白くない？　新都市になる場所には女性書記官もいるから」

「書記官に女ですと？　そんなもの許されるはずが……!?」

「首都での話ではないよ。僕は新都市の話をしているんだ。宮殿学校も女性の学びを許しているのであれば、同じように新都市の女性に許してもいいだろう？」

「それとこれとは話が別だ！」

憤慨して立ち上がろうとした法官を制するように、一人の声が響く。

「面白いな、その案は」

周囲がハッとして立ち上がり、敬礼の姿勢を取った。

その場に現れたのはスルタンであるスファーン一世だ。まるで血のように真っ赤な衣に、見事なまでの光沢を持つ、黄金色の糸で月が刺繍《ししゅう》され、柘榴《ざくろ》模様が描かれたカフタンを着ている。合わせて、まるで時間のたった血痕《けっこん》のように、深みのある色合いの赤いシャルヴァルを履いていた。どこか毒々しさと禍々《まがまが》しさを併せ持った衣装とかけ離れている、本人の軽薄さが、独特の雰囲気と浮世離れした風情を醸し出していた。

アンヌール帝国には珍しい、長い金髪が美しい。彼の母親であるハウラが異国の姫君であり、その血を受け継いでいるからだろう。

顔を上げてイドリースが言う。

「陛下!?」

だがスルタンはイドリースを適当にあしらうと、ゆっくりとノスマン大公に近づいた。

「女の話はともかく……派遣の話は興味深い。急に、ずいぶん大胆なことを言うようになったものだな」

スルタンは、ノスマン大公が襲撃を受けて、考えを変えたことに気づいているのだ。

「推進してもいいのでは？　なあ、イドリースよ。文化だけではなく人材交流を行えば、互いに切磋琢磨《せっさたくま》しあい、発展もするだろうよ」

スルタンは、イドリースを見ることなく、そう言った。イドリースは「かしこまりました」とだけ返す。

「陛下、これ以上ないご厚意に感謝いたします。新都市もアンヌール帝国の支援を受けて、より一層、繁栄することでしょう」

ノスマン大公が満面の笑みを浮かべながら顔を上げた。それを見てスルタンも満足そうだ。それもそうだろう。初の従属国書記官の登用も、ノスマン大公の新都市の都知事採用も、両方ともスルタンの考えた案だ。

ノスマン大公は、カルス帝国のために有和政策を成功させようとしている。その姿勢をスルタンも評価しているのだ。

これらが頓挫《とんざ》するとスルタンの威信も地に落ちてしまうだろう。もちろんイドリースの政治的影響力も低下する。だからこそ短い間でありながらも、ノスマン大公の臨時教授としての仕事を無事に終わらせて、彼を新都市の都知事に仕立て上げる必要があるのだ。

宥和政策の象徴として。

スルタンの視線はアナスタシアに向けられる。

──なぜ？

緊張する思いとは裏腹に、スルタンを間近で見られるという興奮で胸がいっぱいになる。

──千夜宮ですら拝謁できなかった、書物の中でしか知らなかった、あのアンヌール帝国の支配者が目の前にいる!!

近づいてくるスルタンの気配に堪《こら》えきれず、アナスタシアは思わず顔を上げてしまう。

ばっちりスルタンと目があった。

「ほう、お前がアレクセイか。イドリースの選んだ人材だな。なるほどイドリースの趣味だな。面構えは良い」

「勿体《もったい》ないお言葉でございます」

アナスタシアは拝謁の挨拶のあとに、そう付け加える。

──やはり遠目で見るのと間近では迫力が違う。

溢《あふ》れんばかりに輝く彼の美貌《びぼう》に、アナスタシアは静かに興奮していた。

スルタンは面白がるように言う。

「そういえば後宮内に姉がいるのだったな。やはり顔は姉に似ているのか？　今すぐにでも千夜宮にいるお前の姉と見比べたいくらいだな」

「陛下」

そこにイドリースが口を挟む。

「申し訳ありませんが、そのような暇はないかと。この時間、陛下には会談の予定があったのでは？」

「厳しく言うでない。それは適当に終わらせてきた」

「……陛下」

「冗談だ。お前はそうやって、すぐに本気にするから困る。さて、ノスマン大公」

スルタンはノスマン大公に向き直って、微笑《ほほえ》みながら言った。

スルタンは彼を改宗前からの名前で呼んだ。彼を従属国の一小国の統括者だと認めているからこそだ。だからこそ彼は有和政策での役割を求められている。

「……随分うまくやっているようだな。お前と、この書記官の評判は聞いている。新都市のほうでも、早速馴染《なじ》んだようだな」

「ありがとうございます。すべてはスルタンが与えてくださった書記官——彼のおかげでございます」

スルタンの言葉は、ノスマン大公の襲撃について暗に仄《ほの》めかしているように聞こえたが、ノスマン大公はそれを軽くいなしたようだった。それを面白く感じたのか、スルタンは「ふぅん」とだけ鼻息を鳴らすと、ゆっくりと言葉を付け加える。

「ノスマン大公。ぜひイドリースと仲良くやることだ。ノスマン大公とイドリース、二人が立ち並んでこそ映えるものもあるだろうよ」

アナスタシアは目を見開いた。

スルタンは、宥和政策の象徴としては、ノスマン大公一人だけではない、イドリースも必要だと言っているのだ。

——この国ではスルタンの言葉は重要な意味を持つ。

その言葉の意味を、イドリースも思い知っているのだろう。どこか苦々しい顔をしていた。そんな彼をからかうようにスルタンは言った。

「アレクセイを愛《め》でたのか？　イドリースよ」

「スルタンよ、我が主《あるじ》よ」

わかりやすく苦笑するイドリースに、またスルタンは快活に笑った。

「冗談だ。答えなくていい」

そしてその笑みのまま、アナスタシアに向けて、こう言ったのだ。

「……お前がそれなら、さぞやお前の姉も上等だろう。まだお前の姉に会えていないが、これから楽しみだ」

スルタンはアナスタシアの顎《あご》を摑《つか》むと、そのまま上向けた。

——危険だ。

スルタンは、千夜宮のアナスタシアに、会う気でいる。

※

だがアナスタシアが何より心配するべきは、ノスマン大公のことであった。

御前会議が終了し、執務室に向かう廊下で、アナスタシアはノスマン大公に話しかける。

「……あの、あれは大丈夫なのですか？」

あれとはノスマン大公が御前会議で提案したことだ。スルタンには取り上げられたものの、かなり他の参加者たちの反感を買っていた。

「大丈夫じゃない。あんなふうに目立ったら、ますます敵視されちゃう。困ったものだ」

「困ったものだ⁉」

他人事《ひとごと》のように言うノスマン大公に、ついアナスタシアは突っ込んでしまう。

「いやいや、それをいうなら君だって、陛下を前に興奮していたでしょ。目がギラギラしていたよ」

「そ、それは、言葉にしていませんから。顔にしか出ていませんから」

「君の自制がきいて良かったよ」

呆《あき》れるように返すノスマン大公が、わずかにアナスタシアのほうに首を向ける。そして思い出したように言った。

「あ、君の議事録ざっとだけど見たよ！　参加者の名前も顔も、会議のときに全部覚えたんだね！　物覚えが良いね！　でも大事なのは顔だけじゃないよ。覚えておいてね、その筆跡も癖も。あとで資料は見られるようにしておいてね」

その言葉にアナスタシアは気づく。

彼はアレクセイが、今後も書記官を続けることを前提に話しているのだ。

「文字は可能性を広げる魂のようなものだからね」

そのとき彼から告げられた言葉に、アナスタシアは思わず立ち止まった。

「その、言葉は……」

「どうしたの？　急に……？」

その言葉は、今までずっとアナスタシアが大切にしてきたものだ。

「いえ、申し訳ありません。実は父が、同じ言葉を私に言ったことが……」

「ああ、待って。勘違いしないでよ。それは僕が考えた言葉じゃない」

ノスマン大公も立ち止まって、ゆっくりと振り返る。アナスタシアと向かい合いながら言った。

「ええと、君の父親は宗教学にも造詣《ぞうけい》が深かったんだね。じゃあ、君のその教養の高さは父親のおかげか。ちゃんと感謝しなよ。それは僕の言葉じゃないよ。少しニッチな宗教学者の言葉だ。僕はそれを引用しただけだ」

そしてノスマン大公は、一瞬だけためらう仕草を見せた。

「……そして僕の言葉であえて言うなら、文字は人と物を繋《つな》ぐものだ」

人と物を繋ぐということは、一体何なのか。それを理解させるかのように、ノスマン大公が手を差し出してきた。握手を求めているのだ。アナスタシアは、そっとノスマン大公に従い手を出した。

ノスマン大公は、アナスタシアを安心させるように握手をする。

「……そう、こういうふうに。書記官の重要性は、もっと外にも周知されることになるだろう。この言葉の意味はわからなくていいよ。君が書記官を続ける意志があるなら、いずれわかってくることだからね。僕は君に……」

書記官を続けてほしいとさえ思っている。

彼の言葉は、彼が口にせずともアナスタシアにはわかった。

「たとえ僕の書記官をやめたとしても、君には……」

そしてそれだけ言うと、ノスマン大公はアナスタシアから手を離した。

——私はアナスタシアだ。

もはや改宗により名前を失い、その文字がどこにもなくとも、アレクセイと入れ替わって、その上に別の文字がかぶさっていても、アナスタシアはアナスタシア自身だ。

ノスマン大公の言葉は、それを改めて自覚させるだけの威力を持っていた。

そうだ。アナスタシアは書記官を続けたいと思っている。

——だがアナスタシアはアレクセイではないのだ。

だからアナスタシアは書記官を続けることなど、絶対にできないのだ。

——だが、それでも構わない。

アナスタシアはゆっくりと顔を上げる。そして強く笑ってみせた。

——こうして彼と過ごした時間は、一つの可能性となるのだから。

「ところでノスマン大公、私と手を繋いでも、今は平気なのですね？」

そうアナスタシアが尋ねると、ノスマン大公は、ぱっと顔を赤く染めた。

「言われてみれば。君を仕事のパートナーだと思ったから……いや、どうかな」

そしてノスマン大公は顔を両手で覆って、俯《うつむ》きながらボソボソ言った。

「今更、改めて言わないでほしい。ちょっと恥ずかしくなってきちゃった」

「さすがに仕事に支障が出るので、慣れましょう」

——欲を解消できるように、男娼《だんしょう》でもあてがったほうが、慣れるのかもしれない。

そう思った途端、アナスタシアの胸に、もやっとしたものが浮かんでくる。

その効率の良《い》い案を、どうしてだか酷《ひど》く嫌悪してしまったのだ。

※

その晩、千夜宮の与えられた個室に戻ると、アレクサンドラの姿が見えなかった。

——露見していないだろうか。

心配しながらも寝台に入り、そのまま朝を迎えると、アレクサンドラが疲れた顔で部屋に入ってきた。

「どうしたんです？　アレクサンドラ」

「……あたし、スルタンに呼ばれていたの」

「寝所を共にしたのですか」

アレクサンドラは顔を曇らせた。深いため息をつくアレクサンドラを、アナスタシアは慌てて慰める。

「大丈夫です。今のスルタンは、一回きりしか手をつけないことで有名なので、逆に安心材料かと」

「あのねぇ……。どうもスルタンは赤い髪に興味を示してあたしを呼んだみたいだから、あなたも同じ目にあうかもよ」

「う」とアナスタシアは、言葉を詰まらせた。急に赤髪の女に興味をもった原因は、アナスタシアの入れ替わっていたアレクセイのせいだろう。

表情をかげらせたアナスタシアを、フォローするかのようにアレクサンドラは言った。

「それはいいの。違うの。それが言いたいわけじゃなくて……あたし、スルタンに顔を見られてしまったの。だからスルタンの前で、あたしはあなたのふりはできないわ」

「私もアレクセイに入れ替わっているときに、顔をばっちり見られたので、元々無理だと思います」

そう返したとき、アレクサンドラは何かを思い出したかのような顔をする。

「ねえ、いつアレクセイは戻ってくるの。本当に生きて……」

そこまで言いかけて、はっとして押し黙った。

「いいのですよ。そうですよね。そう思ってしまいますよね。……でも殺されてはいないとは思うのです」

「なぜ？」

「多分、殺されていたら露見していると思うからです。でも、まだ入れ替わりについて表立っては露見していません。つまり私が生きていることこそが、彼の生を証明しているのです」

「どうしてそんなに自信にあふれているのよ」

アレクサンドラは呆れたように言いながらも、アナスタシアの言葉に安心したような様子を見せたのだった。

※

スルタンが後宮のアナスタシアに興味を持つかもしれない。だが気にしても仕方ない。

翌日、宮殿学校の執務室で、アナスタシアは早々とノスマン大公から頼まれた仕事を片付けて、彼の帰りを待っていた。

そのとき、ふとノスマン大公から貰《もら》った花押《トゥグラ》の描かれた文書のことを思い出す。もうしばらくノスマン大公は戻ってこないだろう。

棚にしまっていた花押の描かれた書類を取り出して眺める。

相変わらず美しい。それだけではない。この紙片がこの国の政治を決めるのだ。それほどの影響力を持っている。

「これを見るだけでなく……」

――こうして触ることすらできるなんて。

アナスタシアは指で花押をなぞる。そして書類を顔の間近まで近づけると、胸の中に多幸感が満ちる。墨の匂いが鼻の中を満たした。

一つ、ずっとやりたいと思っていたことを思い出した。アナスタシアは近くにあったクッションに座ると、花押の文書をテーブルの上に広げた。そして筆を取った。

窓からは緩やかな風が入り込んで、アナスタシアをくすぐる。

――そういえば昨夜は、あまり眠れなかった。

気づくと、どうやら少しの間、眠っていたようだ。

人の気配がして、アナスタシアはがばりと跳ね起きた。

「ノスマン大公閣下？」

申し訳ありません、と続けようとした瞬間、視界に入ったのはイドリースだ。

また「不快だ」と言われるかもしれない。慌てたアナスタシアだったが、彼の顔を見て驚く。

いつもは無表情か、もしくは渋面な彼が、珍しく心配そうな表情で、アナスタシアの顔を覗《のぞ》き込んでいたのだった。

「あっ、イドリース様」

そう叫んでアナスタシアは慌てて立ち上がり、敬礼の姿勢を取る。失礼なことをしてしまったと恥じるアナスタシアであったが、イドリースは気にしていないようだった。

「ノスマン大公……か。今のお前は先に、そちらの名が出るんだな」

「大変申し訳ありません」

なぜそんなことを彼が気にするのかわからなかったが、アナスタシアは、ひたすら謝るしかない。

「…………不快ではない」

「え？」

「いいのだ、気にするな。逆に良い傾向だ。お前の仕事は奴の書記官だ。それだけ連携が取れているということなのだろう。……私がお前に望んでいるのも、そういう方向だ」

そしてアナスタシアは彼が手にしていたものに気づいた。イドリースは二枚の文書を手にしていた。そのうちの一枚はアナスタシアが、ノスマン大公から渡された花押を真似《まね》して描いたものだった。

「わ、わわ、それは……」

「花押だな。もしかしたらこちらはお前が描いたのか？」

「は、はいっ」

勢いよく返事をする。

イドリースは吊りランプの光にかざして、二枚の文書を透かして比べていた。

「こうして二枚を比べるとわかる……この違う部分は……」

「ああ、元々の花押文書は、ノスマン大公閣下が言うには、生徒が間違えてしまって不要になったもののようです。そこでどこが間違っているのかを調べてみようと思いまして……」

アナスタシアはイドリースの持っている文書の一箇所を指差した。

「多分ここが、間違えてしまった場所なのかと思いまして」

そうアナスタシアが答えると、イドリースが鼻息を漏らした。

「違いましたでしょうか？」

「いや……」

おそるおそる訊《たず》ねたアナスタシアの言葉を否定すると、イドリースが彼女の描いたほうの文書を机の上に広げた。そしてもう一枚を隣に並べる。

「お前のほうが繊細だな。こう見ると、どちらがどちらなのか、わかるくらいにな」

そして彼は深く息を吐き出した。それはアナスタシアでもわかるくらいに、情感の込もった感嘆の吐息だった。

イドリースは、アナスタシアの顔を覗き込むような仕草で凝視してくる。

「あの、なんでしょうか？」

戸惑っているアナスタシアに、イドリースが問いかけてくる。

「喉《のど》の傷は大丈夫か？」

――ああ、喉の傷を気にしているのか。

アナスタシアは喉に巻いた包帯を撫《な》でながら言った。

「まだ少し痛みますね」

「そうか、まだ、な……」

そして少しばかりの沈黙のあと、イドリースはアナスタシアから顔を背けながら言った。

「お前は宮殿学校の仕事が終わったあとも、書記官としての仕事を続けたいか？」

「それは……」

いつまで弟との入れ替わりが可能なのか、先行きが見えない。

このまま続けられるとは到底思えない。

「私は、お前に訊ねている」

そう改めて確認されて、無意識に答えが口から滑るようにして出てしまう。

「はい、続けたいです」

――無理だろう。そんなことはわかっている。

弟が戻ってくれれば、こんな幸せな時間は終わってしまうだろう。

そもそもいつ露見するかもわからない、ぎりぎりな命の綱渡りだ。

「そうか。ならば口添えをしておこう。どうなるかわからないが最善を尽くそう」

「ありがとうございます」

本来なら実力でのし上がるところを、運と縁で繋《つな》いだだけのものだ。

今の書記官としての立場は、アナスタシアにとって、いつ消えてもおかしくない奇跡だ。

「しかし、本当にお言葉に甘えてよいのですか？」と思わずアナスタシアが確認をとると、イドリースが文書を手にして、花押を眺めながら大きくうなずいた。

「そう、お前が望んでいるのだろう？　良いものを見せてもらったからな。ほんの些細《ささい》な礼のようなものだ」

そして、どこかためらう素振りを見せながら、イドリースは言葉を続ける。

「そうだな、もう一つ、あえて言うならば……私はお前が逃げ出す前に、お前の未熟さについて酷《ひど》いことを言った。おそらくそれを気にして、お前は逃げ出してしまったのだろう。もはや今、それをこうして口にしたとしても、詮無《せんな》きことだが……」

弟のことだ。アナスタシアは弟が一体、何を言われたのか知らない。だから空虚な心で彼の言葉を聞き続ける。

「だからお前は逃げ出したというのに、お前はノスマン大公を前に私を褒《ほ》め称《たた》えた。私の努力を称賛し、私のような人間になりたい、目指したいと……。最初、何か思惑があると思ったが、一切そんな素振りはなく……。私の努力を認めたお前を、私も認めたいと思ってしまったのだ。いや、これは……自己満足だな」

自嘲《じちょう》気味にイドリースが笑ったところで、軋《きし》むような音がして部屋の扉が開いた。

「イドリース殿？」

「ノスマン大公か」

入ってきたのはノスマン大公だ。講義が終わったのだろう。

「どうしたのかな。このような場所に」

「不快だ。それはこちらの台詞《せりふ》だよ。時間がきている。このものを千夜宮に送らねば」

イドリースは無表情でそう返す。ノスマン大公がいぶかしげに眉根《まゆね》を寄せた。

「いつもの時間より、少し早くない？」

「そうか？　お前の気のせいだろうよ」

二人の会話を聞きながら、スルタンが後宮のアナスタシアに興味を持つかもしれないことを思い出して、アナスタシアの表情が自然に曇る。それに気づいたノスマン大公が声をかけてくる。

「アレクセイ、大丈夫かい？　今の君は、まるで千夜宮に戻りたくないようにも思えるんだけど」

「そんなことはありません。姉に会いたいですから」

千夜宮こそが本来、アナスタシアのいるべき場所だ。

戻りたくないなどという選択肢は存在しない。

だがスルタンに目をつけられそうになっていることと、イドリースの書記官継続についての話に、心が不安定に揺れているのもたしかだった。

「アレクセイ、本音を言ってほしい。……本当は、君はイドリース殿と少しでも一緒に……長く傍《そば》にいたいのではないかい？」

「──はい？」

「君の姉のことは心配いらないよ。たしかに千夜宮は辛《つら》い場所だが、君がイドリース殿の管理下に置かれている以上は、君の姉も下手な目にはあわないだろう」

「い、いえいえいえいえ、大丈夫です。そこは心配していません」

急によくわからないことを言い出したノスマン大公に、アナスタシアは動揺する。

イドリースが、軽蔑《けいべつ》の眼差《まなざ》しをノスマン大公に送りながら言った。

「お前は何を言っているのだ。ノスマン大公」

「は？」

「ひょっとすると、お前はアレクセイが気になっているのか」

それをイドリースが言った瞬間、まるで沸騰するかのようにノスマン大公の顔が真っ赤になる。狼狽《ろうばい》しながらノスマン大公が言った。

「な、なな、そんなわけないだろう。彼は男だ」

それを聞いたイドリースが深いため息をついた。眉根にしわを寄せて、信じられないといった表情をしながら、言った。

「…………だから？」

「い、いや、だからって、大きな問題だよね。それに部下だから。公私混同はまずいよ」

戸惑いながら答えるノスマン大公に、イドリースがわざとらしく息を吐き出した。そのままイドリースは顔をしかめて言う。

「……で？　なんだ、その反応は。話にならん。くだらないお前の無自覚で、私とアレクセイの関係を雑に探ろうとするな」

「べ、別に、そんなつもりは……！」

「己の気持ちすらわからないのなら、適当なことを言うな」

イドリースは苛立《いらだ》ちながら、アナスタシアの腕をつかみ、ノスマン大公から引き離す。

「え？　今のは僕が悪いのかな？」

首を傾《かし》げているノスマン大公の姿がおかしくて、アナスタシアはつい笑ってしまった。

その声を聞いて、ノスマン大公は頭を抱えながら、イドリースに向かって言う。

「いや、だって、気持ちがわからないことはないよ。僕がどれだけアレクセイを夢に見て、罪悪感を覚えながら何度、目を覚ましたことが……！」

「己のくだらない私的事情を話すな。……公私混同をしているのはお前のほうだろう、馬鹿め」

「いや、話さなきゃいけないような流れにさせたのは、君のほうだろう!?」

「…………不快で堪《たま》らん。なんだ、このぽんこつは。こんなざま、スルタンに知られたら、スルタンは迷いなくお前を切り捨てるだろうよ」

「だ、だから……仕事に影響を及ぼさないようにするために、こう、僕が色々思案して、提案をしているわけで……」

「不快、不快。もう黙れ。お前の幼稚さには、ほとほと呆《あき》れ果てる。お前の具体的な鈍さと初心《うぶ》さなど、これ以上詳しく知りたくもない」

ノスマン大公の口から次々と出てくる言葉に、イドリースは呆れ返っているようだ。

アナスタシアは、くすくすと笑いながら二人を眺める。

——私は多分、この方を好ましく思っているのだろう。

人を導く才能に溢《あふ》れながらも、初めての感情に困惑する、とんでもなく不器用な、この男を。

※

少し早めに千夜宮に戻ったアナスタシアを迎えたのは、慌てた顔をしたアレクサンドラだった。

「アナスタシア！ 良かった。ようやく戻ってきた」

「どうしたのですか？」

「どうしたもこうしたもないわ。あなたがスルタンの夜伽《よとぎ》の相手に選ばれたのよ。おかげで、あたしもごまかすのに必死で！ もうそろそろ危なそうなところに、あなたが帰ってきてくれて助かったわ！」

その言葉にアナスタシアは愕然《がくぜん》としてしまう。とうとう、この時がやってきてしまったのだ。アナスタシアは周囲を見渡し、飾られていた装飾用短剣を摑《つか》んだ。そして、えいやと額を薄く切り裂く。血がにじみ始めたのを確認して、アナスタシアは額に包帯を巻いた。

「アナスタシア！」と、おろおろと心配するアレクサンドラに、微笑《ほほえ》みながら話しかける。

「元々、大したことなかった額の傷は、これでもう少しごまかせるでしょう。もちろん、これだけではどうにもならないので……」

そう言いながら、アナスタシアは棚のほうに近づく。引き出しを開けて、切った髪をバンドでまとめて即席で作った自前のウィッグを取り出した。

「あなたの切った髪の毛、気づいたらなくなっていたけど、そんなところにあったの!!」

「ええ、いつでも短い髪をごまかせるように」

驚くアレクサンドラに答えながら、アナスタシアはその即席ウィッグを頭に装着した。

忙《せわ》しない雰囲気の足音が、近づいてくるのが聞こえてきた。複数人だ。おそらく宦官《かんがん》や女官たちだろう。スルタンのお召の準備をするため、やってきたのだ。

果たしてアナスタシアの推測は当たっていた。

不安げな顔をしたアレクサンドラを、安心させるように微笑み返して、アナスタシアは彼らと共に部屋を出たのだった。

※

——ああ、なんて素晴らしい浴場だったのだろう！

書物を読み、千夜宮の浴場の素晴らしさをあらかじめ知っていたものの、書記官との兼業生活で、浴場に入ることなどできず、アレクサンドラの用意してくれた湯とタオルで身体《からだ》を拭《ふ》くのが精一杯だった。そもそもアジェミが浴場に入れる時間が決められていたのもあった。

しかしスルタンとの夜伽準備ということもあり、十分に浴場を堪能《たんのう》することができたのだ。アナスタシアは頬に手を添えながら、浴場の光景を思い出す。

独特の臭みのある蒸気、豊かなプロポーションの女性たち、美しい刺繍《ししゅう》の施されたタオル、傍に置かれた砂糖菓子やシャーベット、いつでも喉《のど》を潤せるように用意されたレモンジュース、見事なまでに磨かれた大理石の床に、同じく大理石のシンク、乳白色のタイルが敷き詰められた壁に床、タライですら黄金や銀で装飾されており、これ以上なく目を楽しませる。アナスタシアはベンチの上に横たわり、蒸気が立ち込める中、女官の手によりヘチマと石鹸《せっけん》で身体を清められたのちに、アーモンドオイルで入念なマッサージを受けたのだった。

極上の時間であった。何もかも書物通り、いやそれ以上の体験だったのだ。

余韻に浸っていると、宦官長に声をかけられて我に返る。

「この戸の先に陛下が待っている。教えた通りの作法を思い出せ。まずは屈《かが》んで陛下の衣服に口づけをするのだぞ」

「は、はい！　覚えています！」

アナスタシアの動揺を緊張と受け取ったらしい。ため息をついた宦官長は、先に進むことを促した。

ゆっくりとアナスタシアは戸を開ける。今のアナスタシアはバンドでウィッグをつけ、幾本もの三編《みつあ》みを結い上げて垂らしている。その三編みには、真珠やエメラルドをあしらった豪華なレース編みの、オヤと呼ばれる髪飾りをつけている。顔立ちは同じでも、アレクセイのときの印象とは程遠い。ごまかせる自信があった。

部屋にいたのはスルタンだ。光沢の美しい寝間着で、アナスタシアを迎え入れる。アナスタシアは宦官長にいわれた通り、屈んでスルタンの衣に口づけをした。立ち上がったところで、アナスタシアはスルタンに顎《あご》を摑まれる。そしてまざまざと顔を観察された。

「顔に傷があるのか」

「はい。このような醜い顔を晒《さら》してしまい、大変申し訳ありません」

「……気にするな。千夜宮での一件は聞いている。小競り合いは日常茶飯事だ。慣れたほうがいい」

スルタンはアナスタシアに包帯を取るように命じた。アナスタシアは頷《うなず》き、ゆっくりと包帯を取った。顕《あらわ》になった傷をスルタンは撫《な》でる。

「あまり治っていないのだな」

「はい、寝ている間に指で触ってしまうらしく……」

それらしい嘘《うそ》をついて、アナスタシアはごまかそうとする。

「傷があるというのに、ここに無理に来させるような真似《まね》をして、すまないな」

優しげな口調のままスルタンは言葉を続けた。

「詫《わ》びとして……そうだな。何をお前に与えればいい？　何をすれば喜ぶ？」

「何でも構いません。それが陛下のご意思であれば」

「ほう、言ったたな。ならばイドリースを呼ぼう。そのほうが面白い」

その言葉にアナスタシアは唇を噛《か》みそうになる。

スルタンはアナスタシアの横を通り、戸に向かう。戸のすぐ外にいる宦官と一言、二言、言葉を交わしてアナスタシアの元に戻ってきた。

「イドリースを呼んだ。すぐに来るだろうよ」

――なぜ、このタイミングで。

無表情のままアナスタシアは考え込む。

程なくしてイドリースがやってきた。どこか感情の見えない顔つきだ。まさかスルタンの夜伽の最中に呼ばれるとは思わなかったのだろう。だが驚きの色はない。

「陛下、如何《いかが》なさいましたか」

「この女の弟を呼べ」

その言葉に、アナスタシアとイドリースは、はっとした。

スルタンは面白がるような響きで言う。

「傷のある女の顔を無理に見てしまった詫びだ。この場でお前の弟に会わせてやろう」

――もしかして、露見しているのか。

アナスタシアは悪寒を覚えて表情を引き締める。

「どうした、少しは嬉《うれ》しそうな声を出せ」

その言葉に動揺を隠してアナスタシアは微笑んだ。

「これ以上なく嬉しく思います」

「そうだろう。イドリース、早く彼を呼べ。この千夜宮にいるのだろう？」

楽しそうにスルタンは、アナスタシアを眺めながら声を弾ませている。

アナスタシアは、そっとイドリースの様子を窺《うかが》った。

イドリースはアナスタシアの視線に気づき、スルタンにわからないように目配せをしてきた。彼の視線に敵意は感じない。それどころか、その視線には覚えがあった。具体的に思い出すことはできないが、嫌な気持ちはしなかった。

——今は彼の思惑に乗るしかない。

彼の思惑はわからずとも、今のアナスタシアは時間稼ぎをするしかない。あの目配せには意味があるのだと賭《か》けるしかない。

そう判断したアナスタシアは思考を切り替えると、イドリースが出ていったあと、囀《さえず》るようにスルタンに話しかけた。

「偉大なるスルタン、あなた様のお気持ちを頂きすぎでございます。少しお返しいたしますこと、お許しください」

アナスタシアが頭を下げると、スルタンは面白そうだと目を輝かせた。

「許そう、何をする？」

「どうか私から、あなた様への情をお伝えさせてくださいませ」

不思議そうな顔をするスルタンに、アナスタシアは顔を上げた。

ゆっくりと口を開く。

アナスタシアはスルタンに即興の物語を語ることにした。そこに己の祈りと想《おも》いを混ぜながら。

思い出すのは、今まで教会で読んだ物語だ。その中にはアンヌール帝国の千夜宮が舞台になっているものもあった。物語の中では、相手はスルタンではなく黒人宦官だ。後宮妃と宦官の許されぬ愛だった。

アナスタシアは愛を知らない。だが物語の中でなら想像できる。後宮妃は許されぬと知りながら、どうにも抑えきれない宦官への愛を募らせていた。そして恋い焦がれた宦官に会うたびに、口づけという形で表現していた。宦官へ、溢れる情を注《つ》ぎ込んでいた。

アナスタシアは物語を語る本格的な技術を知らない。だが毎日、教会で難民の子供たちのために、物語の読み聞かせを行っていた。語りは技術ではない、祈りであることを知っている。想いこそが力となる。

注いでも注いでも、どれだけ溢れても尽きぬ情と、果てしない祈りこそが、アナスタシアの知る愛の形だ。

たとえ言葉が拙《つたな》くとも、その感情を嘘偽りなく、ごまかすことなく、相手に伝えることこそ、アナスタシアの知る物語の形だ。

どこまでも響くような、透き通る声で。

それでいて伸びのある調子で。

聞いているものの心が熱くなるように。

ひたすらアナスタシアは、スルタンのために即興の物語を語った。

スルタンは物語の続きが気になるようで、黙って聞き惚《ほ》れている。

最後まで物語を語り終えたあと、アナスタシアは息を整えながら、スルタンを見る。

スルタンの頬は紅潮して、その双眸《そうぼう》は見開かれていた。困惑の色の中に、感嘆と畏敬《いけい》の念が混じっている。

スルタンは、ゆっくりと己の顎を撫でると、長い息を吐き出した。

「見事な物語だ」

たったそれだけの言葉。だがその短さに驚嘆と賛美の意が込められている。

「お前の声に、強く心が引き込まれた。……たとえばの話だが、戦場でお前の声が響けば、誰もがみなお前のために奮起することだろう。それだけの力が、お前の語りには込められている」

スルタンの双眸は、ここではない別のどこかを眺めているようだった。

まるで酒に酔っているかのように、陶酔した口調だった。

「これでは貰《もら》いすぎだ」

ほうとスルタンは息をつくと、真っ直《す》ぐにアナスタシアを見据えた。どこかに思いを馳《は》せていたスルタンが現実に戻ってきたようだった。

戸を叩《たた》く音がした。イドリースが戻ってきたのだ。

「陛下、アレクセイを連れて参りました」

興奮しているスルタンは、イドリースの連れてきたアレクセイを見た。

——一体、どこから。アレクセイなど、どこにもいないのに。行方がわかったのか。

アナスタシアはイドリースの後ろに控えているアレクセイを見て、はっとした。

彼はアレクセイではない。

アレクセイにそっくりな赤の他人だ。

おそらく急遽《きゅうきょ》、イドリースが用意した替え玉だ。

だがスルタンはそれに気づいていない。直前に語ったアナスタシアの物語に感銘を受けて酔いしれているからだ。感情の渦に翻弄《ほんろう》されている今の彼は、現実を正視できない。本来の彼であれば、ほんの些細《ささい》な違いに気づいただろうに。

アナスタシアは、ゆっくり偽物のアレクセイに近づいて、その手を取った。

「再び相まみえましたね、弟よ」

そしてスルタンのほうに顔を向けて、嬉しそうに言った。

「この上ない喜びでございます。陛下よ、感謝いたします」

スルタンはポカンとした顔で、その様子を眺めると、やがて手のひらで顔を覆い、爆笑した。

「ふふ、ははは、はははは！」

「陛下」

たしなめるように言うイドリースに、スルタンは笑いを堪《こら》えながら言った。

「良《い》い、今日は二人とも下がらせろ。既に貰いすぎるだけ貰っている上に、怪我《けが》をしている女に無理をさせたくもない」

そしてうっすらと目を細めながら、イドリースを一瞥《いちべつ》した。

「お前も下がれ」

「御意」

イドリースはアナスタシアに目配せをする。彼はアナスタシアとアレクセイの偽物を引き連れて、スルタンの寝所を静かに出た。

少し廊下を進んだあと、アナスタシアは周囲に誰もいないことを確認して、アレクセイの偽物が傍《そば》にいると知りながらも、堪えきれずにイドリースに言った。

「イドリース様、どうして……！」

「不快だ。もう良い。何も言うな」

「いつから」

「……今すぐ答える必要が？」

イドリースはアレクセイの偽物の少年を気にしながら、立ち止まり、わずかにアナスタシアのほうに顔を向けた。すぐに前を向いて歩き出す。

「私も迷っているのだ。本当に、これでいいのかを」

「待ってください」

アナスタシアの縋《すが》り付く声に、イドリースは嘆息で返す。

「ノスマン大公はお前を気に入っている。お前をだ。それはお前自身も理解しているのではないか。今はそれだけを理解して、あるべき場所へ戻れ」

その言葉に、アナスタシアは思わず足を止めた。

そのままイドリースの背を見送る。

「それに私も……」

だからアナスタシアは、そのあとに続いた彼の言葉を聞き取ることができなかった。

「今日の花押《トゥグラ》は不快ではなかった。あの可憐《かれん》な繊細さはお前だから出せるもの。あれほどの才を私は手放したくない」

※

「あら、追い返されたのね。あなたでも駄目だったのね」

イドリースを見送ったあと、アナスタシアは後ろから声をかけられた。

母后であるハウラだ。慌ててアナスタシアは回廊の隅に寄ると、そっと小さく頭を伏せて敬礼の姿勢を取る。ハウラの後ろには女官長や宦官長《かんがん》も控えている。女官長は好奇心に満ちた瞳《ひとみ》だったが、宦官長はなぜかアナスタシアに敵意を向けていた。

アナスタシアは静かに謝罪する。

「ハウラ様。気づかずに大変申し訳ありませんでした」

「いいのよ、面倒な挨拶《あいさつ》は。寝所にイドリースまで呼ばれる事態になるなんて、とんだ失態をしたものね」

ハウラは既にスルタンの寝所で繰り広げられた珍事を知っているようだった。だが詳細な内容まではわかっていないのだろう。アナスタシアが、スルタンに物語を称賛されたことも知らない様子だった。

「本当に残念だわ。イドリースの送り出したあなたなら、あの子の寵愛《ちょうあい》を得られるかと思ったのに」

「申し訳ございません」

「仕方ないわよね。あの子は母親の私でも面倒がって、なかなか会いたがらないんだもの。しょせん奴隷のあなたでは、一晩を過ごす価値もないということなのでしょう。だから、それほど卑屈に思うことはないわ。仕方のない話よ」

ハウラが、息子であるスルタンに煙たがられているのは有名な話だ。

そもそもスルタンが、千夜宮の女に手を出したがらない理由も、ハウラが支配している千夜宮だからと聞いている。後宮内で下手なことを行えば、すぐに干渉されるため、面倒くさがっているとのことだ。

千夜宮に膨大な人数の奴隷を入れるのも、そのために改築して広げていくのも、ハウラの暴走らしい。おそらくハウラも息子に構ってほしいという思いで、無茶苦茶なことをしているのだろう。すべては書物や周りの噂話《うわさ》から判断したアナスタシアの推測だ。

「でも、おかしな話ね。もう一人の赤毛の女は一晩過ごせたのに。よっぽどあなたじゃ具合が悪かったのね」

「え？」

その言葉に思わずアナスタシアが顔を上げると、どろどろと悪意に満ちたハウラの双眸があった。

「――ああ、良い表情になった」

歓喜にあふれた表情でハウラは言葉を続ける。

「最初、あの子はあなたを指名したのだけど、なんだか、このままイドリースの利益になるのも面白くなかったのと、あの子の言葉に従うことに気持ちも乗らなかったから、同じ赤毛で間違えてしまったという体裁で、赤毛だけど別の子にしてみたのよ。あなた、あの赤毛の女と仲良くしていたでしょ？　だから今、あなたはこの事実を知って、私に対して色々な気持ちを胸に抱いているのではなくて？　それとも、あの赤毛の女に対してかしら？」

ハウラは女官長と宦官長に目配せをすると、アナスタシアに背を向けた。

「安心なさいな。あの子は誰でも、どうせ一回しか手をつけないから」

それだけ言って、ハウラは近くにあった飾り壺《つぼ》を、手で払い除《の》けて床に叩き落とした。

ガシャン、と陶器の割れる音を聞きつけて、女官たちがやってくる。

「どうしたのですか⁉」

その声にハウラは、わざとらしく怯《おび》えた顔で女官たちに言った。

「この子が急に……‼」

アナスタシアは否定しようとしたが、ハウラの傍にいた宦官長と女官長が、「まったく、陛下に気に入られなかったからといって……」「無様に駄々をこねるのは、やめなさい」とアナスタシアを叱ってくる。

アナスタシアは愕然《がくぜん》とした。

ハウラは、彼女の印象を悪くさせようとしているのだ。

アナスタシアが、ただイドリースの送り出した奴隷というだけで。

ただハウラの気に入らない女だというだけで。

宦官長たちの言葉を聞いて、怒った女官たちがアナスタシアの腕を強く摑《つか》む。

「教養のないアジェミが！　千夜宮に来たのなら後宮内のルールに従いなさい！」

そうしてアナスタシアは女官たちによって、ハウラたちから引き離されていく。

ハウラは、そんなアナスタシアを眺めながら、声に出さず、ゆっくりと唇を動かした。

――ここは私の支配下よ。

ハウラたちは、くすくすと笑いながら、その場をあとにする。

ハウラは、アナスタシアに己の影響力を誇示するためだけに、こんなことをしでかしたのだ。

やはり千夜宮で目立つようなことをすると命取りなのだ。

ハウラはわかりやすい牽制《けんせい》と悪意を、アナスタシアに突きつけている。

※

寝所に戻ったアナスタシアを出迎えたのは、この夜二度目の驚くべき出来事だった。

部屋の隅に隠れるようにして立っていたのは、本物のアレクセイだ。

「アレクセイ⁉」

「姉さん」

アナスタシアは安堵《あんど》しながら、彼に駆け寄る。

「良かったです。戻ってきたのですね」

彼の傍にいたアレクサンドラは複雑な顔をしている。ぼやくように言った。

「信じられるの？　彼のことを？　どうせまた、あたしたちを裏切るわよ」

それを聞いてアレクセイは深くうつむく。居心地の悪い空気になったのに気づいて苦笑しながら、アナスタシアはアレクセイに訊《たず》ねた。

「今までどこにいたのですか？　心配していましたよ」

「ごめん。それは言えないんだ」

その言葉にアナスタシアは顔をしかめた。だがアレクセイはそんなアナスタシアの表情に気づいていないようだ。嬉《うれ》しそうに顔をほころばせながら、アナスタシアの手を取り、興奮するような口調で言った。

「姉さんがずっと僕の身代わりをしていてくれたんだね。でも安心して。僕も姉さんも幸せになれる道を、ようやく見つけたんだ」

わけのわからないことを言うアレクセイを、アナスタシアは心配する。

「アレクセイ、今、事情は話さなくても構いません。ですが、すぐにイドリース様の元に戻るのです。今なら事情を話せばイドリース様はわかってくれます」

「それは無理だよ、姉さん。どうせわかってくれない」

首を横に振って聞き入れようとしないアレクセイを、アナスタシアはたしなめる。

「いいえ。イドリース様は私とあなたの入れ替わりに気づいています。ですからきっと、話せばわかってくれるはずです。今なら戻っても許してくれるはずです。イドリース様は先程、千夜宮を出たばかり。今なら追いつくはずですから」

必死のアナスタシアの説得も、アレクセイの気持ちを変えることができないようだ。アレクセイはアナスタシアから手を離して、彼女の身体《からだ》を引き離した。

「わかった。でも今は無理だよ。もう少し時間がほしい」

その理由がわからない。

だがアナスタシアはこれ以上、彼を追及できない。

なぜなら、アレクセイに得体のしれない空気を感じているからだ。

「……わかりました。では、もう逃げないと神に約束してください」

アレクセイの心には、どこか幼さがある。それに教会の子だ。神に約束をさせれば、それを守ることが心にも身体にも染み付いている。だから約束を破ることはない。それをアナスタシアは理解していた。

アレクセイは破顔しながら言う。

「約束するよ。僕が姉さんとの約束を破ったことがある？　もう少しで僕たちは自由になれるんだから。どうか、もう少し待っていて。姉さん」

どこか虚《うつ》ろな表情で、未《いま》だにわけのわからないことを口にしているアレクセイに、アナスタシアは強い不安を感じていた。

第四章　アレクセイの失態

アレクセイが戻ってきた。

だがアレクセイは、ノスマン大公の書記官《キャーティブ》を務めることを拒否した。

そのため、まだアナスタシアが彼の入れ替わりとして、ノスマン大公の書記官を続けている。

だが、アレクセイが戻った以上、このようなことを、いつまでも続けていいわけがない。

イドリースも入れ替わりについて承知している。だが何も言ってこない。それが不気味だ。今日、朝に会ったときも、少しよそよそしさは感じるものの、おおむね、いつも通りの態度だった。

一体、イドリースはアナスタシアのことを、どう考えているのだろうか。

それもまたアナスタシアの悩みの種であった。

「考え事をしているのかな？」

宮殿学校の執務室でノスマン大公の講義資料を整理していると、後ろからノスマン大公に声をかけられる。どうやら講義が終わったようだ。

立ち上がろうとしたら、それを止められて、そのまま座らされてしまう。戸惑っているアナスタシアの顔を、ノスマン大公は見下ろしてきた。

「どうして私が考え事をしていると思ったのですか？」

顔を強張《こわば》らせながらアナスタシアがそう質問すると、ノスマン大公が呆《あき》れたように言った。

「だって講義が終わって部屋に入るたび、大抵、君はカルス帝国の言葉で独り言を言っているよね。それが今日はなかったから」

「え！　そんな、毎日言っていません！」

「毎日言っているよ。無意識みたいだし、いちいち突っ込むのも可哀想《かわいそう》だから、あえて何も言わなかっただけだよ。今は二人きりだからいいけど、他に職員が増えたときは気をつけようね」

そこまで言われて恥ずかしくなってしまい、アナスタシアが押し黙ると、ノスマン大公が腹を抱えて笑った。

「まさか気づいていないとは思わなかったよ。とにかく困っているなら、相談に乗ってあげるよ」

そう言いながらノスマン大公は、アナスタシアが整理した資料を抱えた。それを別のテーブルに移す。

——ノスマン大公に対して本当のことをうちあけるべきか。

答えはすぐに出た。いくらイドリースに露見しているとしても、彼に何も確認していないこの状況で、言えるわけがない。この有和《ゆうわ》政策を推進しているのはイドリースだ。彼の意思を無視するわけにはいかない。

ただノスマン大公の厚意も無下にはできない。

そこでアナスタシアは物事を曖昧《あいまい》にして、部分的に話してみることにした。

「ずっと捜していた人がいて、その人が見つかったんですが、一体どこにいたのか、どうして隠れていたのか、何も話してくれないのです」

「話してもらわなきゃ困ること？」

「これからのことを考えると、話していただきたいですね」

「じゃあ調べればいいのでは？」

ノスマン大公は、あっさりと言い切った。そのままアナスタシアの後ろのほうに進んでいく。彼が呼び出したのか、やってきた近衛兵《このえへい》から手渡されて、どっさりと書類の束を手にしていることに恐れおののきながらも、アナスタシアは立ち上がった。

「か、簡単に言いますね」

アナスタシアが「手伝いますよ」と言いかけると、「いいよ」と、やんわりと拒否される。そのまま明るく話しかけてきた。

「え？　だって君は書記官でしょ。調べる方法なら幾らでもあるでしょ。資料整理をしようよ、書記官らしくさ」

「資料整理で人の痕跡《こんせき》が見つかるのですか？」

「見つかるとも。たとえば帳簿は人と物を結ぶ素晴らしい文書だ。……その文字の可能性を君は知っているのではないかな」

ノスマン大公はアナスタシアの座っていたテーブルに、仕事に関する書類をばさーっと大量に載せた。あれだけ今日は書類整理をして印章を押したのに、まだ処理するべき事案は山盛りのようだ。アナスタシアは頭を抱えた。

「……ノスマン大公閣下、やはりあなたは素晴らしい人です。その言葉も身にしみます」

アナスタシアは、ノスマン大公の腕に触れようとした。

しかし、ばっと力強く振り払われる。

「……待って、ちょっと、触らないでほしい」

急にぽんこつ仕様になってしまった。

戸惑うノスマン大公を半眼で見つめながら、アナスタシアは返答した。

「あの、その、ノスマン大公閣下のお気持ちもわかるのですが、少しは慣れたほうがよろしいかと」

「わかる、わからないの話をされると困るからやめて。それにイドリース殿から君を奪うつもりもないよ」

「イドリース様は関係ありません。前にも申し上げたかと思いますが」

「それ、本当かな？　信じられないのだけど」

「信じていただかなくとも、私の覚悟も想《おも》いも変わりません。行動に移していくのみですから」

「行動？　たとえば？」

アナスタシアはしばらく考え込んだあと、横髪の一房を手に取り、ノスマン大公に差し出した。ノスマン大公はそれを見て、少しだけ眉根《まゆね》を寄せた。

「そ、それを僕にどうしてほしいのかな」

「諸々《もろもろ》の事情により、私との接触が今のノスマン大公閣下にとって難しいというなら、まずは髪で慣れていただくのはどうかと思いまして」

ノスマン大公はアナスタシアからの提案を咀嚼《そしゃく》しかねているようだ。何度も首を左右に傾《かし》げたのちに、しばらく目を閉じて沈黙してから、ゆっくりと双眸《そうぼう》を開く。そして無表情にアナスタシアに問いかけた。

「どうか、じゃないよ、本気かな？」

「本気です。だってこのまま、何かしらに過敏に反応されていては、仕事に支障が出ますよ」

――私に欲情して意識していることを、諸々の事情とか、何かしらに過敏に反応と表現するしかないが、そこについては、ノスマン大公は突っ込む気はないらしい。

何か言いたげな表情をしているが、ノスマン大公はこれ以上、下手なことは言わないようにしているようだ。おどけたように彼は肩をすくめた。

「……それはそう。困るね」

「男同士なんですから、何も意識することなんてないでしょう」

「そうだね、男同士だしね」

納得していないノスマン大公であったが、ゆっくりとアナスタシアの差し出した髪の毛に触れた。そのまま人差し指と親指で、こするように触る。そのとき、彼は大きく顔をしかめた。どこか遠くを眺めるような眼差《まなざ》しになる。

その表情の変化が気になり、アナスタシアは問いかける。

「どうしたのですか？」

「いや……この感じ、どこかで覚えが……」

ノスマン大公は、何度も確かめるように指を動かしていく。

――私のほうが妙な気持ちになってきてしまった。

アナスタシアは彼の指から、自分の髪の毛を引っ張って離した。

「ね、平気ですよね。ノスマン大公閣下は気にしすぎなんです」

なんてことのないように言えば、ノスマン大公は先程まで髪をつまんでいた指を気にしながら、静かに告げた。

「……まあ、そもそも君とイドリース殿がどこで何をしようが関係ないよ。仕事に影響さえなければ」

まだこじらせているようだ。いい加減、苛立《いらだ》ってきたアナスタシアは、腰に手を当てて言った。

「めんどうくさい反応はやめてください！　だから！　私はイドリース様より、あなたのほうが大事です！　あなたは素晴らしい方です！　何度も言わせないでください！」

「…………どこが？」

軽薄な口調で、そう言ったノスマン大公は、すぐに苦々しい顔になる。

「僕は凡人だよ。僕が死んでも、少し交換するのに時間がかかるだけで、代わりはいくらでもいる。凡人なりにあがいていることが、君の目には特別に映っているのかもしれないけどね」

うんざりしながら山盛りになった書類を眺めていると、彼はアナスタシアの背中を優しく叩《たた》いた。励ましているのだろうか。顔を上げると、ノスマン大公は満面の笑みを浮かべている。

「大体、それでいうと僕の目から見ても君は魅力的だよ。君の言葉に言い換えると素晴らしい存在だよ、一人の人間としてね。……たとえばさ、アンヌール帝国の文化に興味を持って好意的に接しているところも、毎日楽しそうに仕事をしているところも、新しい知識や技術を貪欲《どんよく》に吸収しようとしているところも、今まで培った教養を最大限業務に活用するところも、資料の些細《ささい》な差異に気づいて効率よく作業をしようとするところも、命の危険にさらされているにもかかわらず全然気にしてないところも」

大事な秘密を共有するかのように、悪戯《いたずら》っぽく笑う。

「………………神様に対して意外と不敬なところもね」

「それについては仕方ありません。私の本音です」

「……そういうとこ」

思い切り大げさに苦笑したノスマン大公は、ぱっとアナスタシアから身を離した。

そこで考え込むような仕草をしたあと、彼は苦々しい口調で言った。

「でも、僕はそういうとこ、たしかに結構、好きだよ」

「え？」

「君が女性だったら、特別な気持ちを抱いていたかもしれないね、なんてね」

——今も好きなのでは？　本当は男だからこそ興味があるのでは？

そうやって彼の心を決めつけるのは簡単だ。

だがアナスタシアは口を噤《つぐ》んだ。

無言でいるアナスタシアに気づいて、慌ててノスマン大公は苦笑しながら言った。

「ああ、冗談だよ。こういうのは良くないよね。もし嫌だったら改め……」

「特別な気持ちだなんて……そのようなこと、初めて言われました」

アナスタシアは微笑《ほほえ》みながら言葉を続ける。

「どうして、そこまで私とイドリース様の関係を気にするのですか」

はっとしたノスマン大公は呼吸を落ち着かせるような仕草をして、ゆっくりと彼女から、更に身を離す。

「ああもう！　僕以上に鈍いんだな、君！　少なくとも僕は君を大事に思っている。だから、君と誰かの深い関係について気になって仕方ないんだ」

――おそらく彼は男相手には初恋なのだろう。

初恋をこじらせてしまうと、こんなことになるのだと思い知る。

彼はどうにか自分の常識の範囲内で、己の欲を理屈づけようとしている。

女性だから、男性だから。だが、そんな簡単なことでは片付かない。

だからアナスタシアは彼に素直な気持ちを伝えるしかない。

「私と一緒ですね。私もノスマン大公閣下を大事に思っていますから」

「ああもう……だから……」

今度はノスマン大公が頭を抱えている。

――彼の望んでいるものもわかっている。

だがアナスタシアには返せない。元々、女だ。彼はアレクセイが好きなのだ。そして女だと露見させるわけにはいかない。男のふりをするしかない。正体がばれるようなことは決してできない。

アナスタシアは己の心の底に潜む黒い濁りと、それに相反する春のような温《ぬく》もりを、彼のためにも言語化するわけにはいかない。

ノスマン大公は顔を上げて、諦《あきら》めたような表情でアナスタシアを見据えながら言った。

「つまり僕は、こんなにも君に振り回されているってことだよ」

「それならば同じです。私も特別なあなた様に、毎日振り回されて、楽しく仕事をしていますから」

胸に手を置いて、アナスタシアは静かに言った。それを受けてノスマン大公は失笑する。

「へえ、それでも僕のことを特別扱いするって？」

降参だといわんばかりに、ノスマン大公は大げさに両手を上げた。

「じゃあ僕も君を特別扱いしたいよ。何か僕に望みはない？　君はこれからどうしたい？」

「これから？」

「そう。これから」

――これから。

それはアナスタシアにとって特別な言葉だ。

少し考えこんだアナスタシアは、山盛りの書類を抱え上げた。それを見せつけるようにして言う。

「私は数多《あまた》の書物に触れたいです。多くの文字を見て、読んで、いろいろなことを知っていきたいです。だっておかげで、毎日が楽しいのですから。……それは、ずっと最初から同じで、そしてこれからも、叶《かな》えていきたい願いです」

「じゃあ書記官を続けなよ。そのことを、スルタンや大宰相に告げることなら、僕にもできるから。……御前会議《ディヴァーヌ・ヒュマユーン》での僕の提案を覚えている？」

まるでノスマン大公は、アナスタシアのその答えをわかっていたようだった。そう、さらりと言いのけたあと、ノスマン大公はアナスタシアの抱えた書類の上半分を奪って、同じように抱え上げる。

「アンヌール帝国の書記官を新都市に派遣する提案だよ。そして新都市の都知事は僕だ。まだ違うけど、いずれそうなる予定だ。スルタンにも案は気に入られたし、僕の権力を以《もっ》てすれば、君を新都市に連れて行くことができる」

「そ、それは職権乱用なのでは？」

驚くアナスタシアに、ノスマン大公は悪戯っぽく目を瞬《またた》かせて微笑んだ。持っていた書類をテーブルの上に置いて、腰に手を当てながら陽気に言う。

「なんで？　前も言ったよね。この国での書記官は、コネで採用されることが主流だよ。だから別に君が気にすることじゃない。……ねえ、どうか前向きに考えてみてくれないかな。結構、僕は本気なんだけど」

「どうしてノスマン大公閣下は、私にそこまで配慮してくださるのですか」

「引き継ぎが面倒だからだよ」

その言葉に「え」と思わず呻《うめ》いてしまい、抱えていた書類を床にばらまいてしまう。

あわあわしながら慌ててかがみ込み、書類を拾い上げていると、ノスマン大公も手伝ってくれた。そのままアナスタシアの顔を覗《のぞ》き込んできた。柔らかな口調で話しかけてくる。

「僕が新都市の都知事になっても、このまま君が僕の書記官としてシフトしてくれたほうが、やりやすいし効率が良《い》いでしょ。アンヌール帝国の言葉も喋《しゃべ》ることができるわけだし。結果的に、それが君のためになりそうだから、こうして誘っているだけで」

「ごめんなさい。あまりに正直で、びっくりしてしまって……ありがとうございます」

引き継ぎの話は、アレクセイの心の負担にならないように配慮してくれたのだ。おそらく少しだけ、彼の本音も含まれているのだろうが。

──彼の謳《うた》うような未来がいつか来るといい。

たとえ、その可能性がどこにもなくとも、想うことは自由なのだから。

もし、このままアレクセイが嫌がったら。

アナスタシアは心中で首を横に振る。

現実的に考えて、千夜宮の女奴隷が、いつまでも大公の書記官を兼業するなど、無茶を続けられるわけがない。

アナスタシアがアレクセイの役割を奪うことはない。今は一時的に入れ替わっているだけだ。そして、この国で女は書記官になれない。千夜宮の女奴隷であればなおさらだ。

──ただ誇ればいい。そんなふうに言わせるほど、私は彼の役に立てているのだと。

そうアナスタシアは、ノスマン大公の厚意を嚙《か》みしめるのだった。

※

今日こそはアレクセイを説得する。そう決めたアナスタシアを迎えたのは、何者かに荒らされた部屋だった。

その惨状にアナスタシアは目を剝《む》いた。一生懸命アレクサンドラが部屋を片付けている。

この有様《ありさま》を宦官《かんがん》や女官に見られると、まずいと考えているのだろう。

「どうしたのですか？　これは……」

「知らないわよ」

「アレクセイは？　一体どこに？」

「いないわよ」

「またアレクセイが消えたということですか？」

「またどうせ逃げたのよ」

「でも約束しましたから」

アナスタシアは部屋の周囲を見渡す。前回とは違う、部屋の荒れ具合に嫌な予感を覚えた。ゆっくりと首を横に振りながら言う。

「今回は前と違います。神に対して約束をさせたから、逃げるわけがないんです。それにこの部屋の様子は……」

「じゃあ誰かがアレクセイを攫《さら》ったというの？　何のために？」

「理由なら幾らでも。有和《ゆうわ》政策を邪魔したい輩《やから》は幾らでもおりましょう。ですが、この場合は……」

アナスタシアは顔をしかめた。

アレクセイは心の弱い人間だ。少し脅しただけで、己の状況をぽろぽろと漏らしてしまうだろう。アレクセイの知っている情報は、すべて攫った相手に露見していると考えてもいいだろう。

「もし悪意あるものがアレクセイを攫ったというなら、私と弟の入れ替わりは露見しているのかもしれません」

「でも、それならば、どうして広めないの？」

「……機を見ているのかもしれません。もしくは取引材料に使うのかも。脅しとしてもありでしょう。どちらにせよ使い道は幾らでも。このような便利な切り札、すぐに使ってしまうには勿体《もったい》ない。私が相手なら温めておくでしょう」

「そういうものなの？　ねえ、もうこのまま弟なんか忘れて、あなたが完全に入れ替わればいいじゃない」

「それは……」

アナスタシアはアレクサンドラから目を逸《そ》らした。それを迷いと受け取ったのか、アレクサンドラがアナスタシアの手を取って、早口でまくしたてる。

「あの子、妙なことを言っていたし、正気にも思えなかったわ。……はっきり言うわね。あなた、書記官を始めてから、毎日、生き生きしているわ。働くのが楽しいのだと、全身で表現しているのよ。ならこのまま、弟に成り代わって書記官を続ければいいじゃない。それの何が悪いの？」

「いつかは露見します」

アノスタシアはアレクサンドラを真正面から見据えて言い切った。相手から手を離す。

「アレクセイの身が何者かに確保されているなら、入れ替わりは露見しているからです。それにイドリース様も入れ替わりはご存じです。このまま悪意あるものにアレクセイが囚《とら》われているのなら、ノスマン大公閣下とイドリース様にも危険が及びましょう」

アナスタシアはノスマン大公が暗殺者に襲撃されたときのことを思い出す。

──じゃあ、どうにかしてくれる？　なんてね、ごめんね。たかが書記官である君に言うべきことではなかったかな。

──……いいえ、私がどうにかいたします。お任せくださいませ。

アナスタシアはノスマン大公と約束を交わした。彼を守ることを誓ったのだ。ノスマン大公はあまりあてにしていないようだったが、紛れもなくアナスタシアの強い決意だった。

「この国では嘘《うそ》は死罪なのです。アレクサンドラ。入れ替わりが露見すれば、この件に関するものたちは、みんな殺されてしまうでしょう」

「なによ、それ」

アレクサンドラが両手で身体《からだ》を抱きながら身を震わせた。

「ただ、入れ替わりを知っていたイドリース様は大宰相……。黙っていれば、ただの被害者。殺されるのは入れ替わりに加担したものだけでしょう。どこぞにいる私の両親も、きっと一緒に殺されることでしょう」

「それって、損をするのは、あたしたちだけじゃない」

「巻き込んで申し訳ありません。最初に言うべきでした」

そう言ってアナスタシアは顔を伏せて床に膝《ひざ》をつき、深々と頭を下げる。慌てたアレクリンドラは、アナスタシアの腕をつかみ、無理やり立たせた。焦燥感をにじませた表情で言う。

「別にそれはいいのよ。でも……なら、なおさら早くアレクセイを見つけないと」

「ええ、こうなった以上は、たとえアレクセイが何を言おうとも入れ替わりをやめなければいけません。なぜなら本来、宥和政策の象徴である書記官が、女であり中身が別人だと露見してしまえば、宥和政策そのものが台無しになるからです。それは絶対に避けたいのです。……今までのイドリース様やノスマン大公閣下の努力が、私のせいで無駄になってしまうのです」

新都市でのノスマン大公の姿を思い出す。子供に帽子をかぶせながら、太陽のような柔らかな笑みを浮かべていた。そのとき、誰もが期待に輝く目でノスマン大公を眺めていたのだ。あの新都市の平和を壊すわけにはいかない。宥和政策の象徴として、ノスマン大公が存在しているからこそ、あの平穏があるのだ。

アナスタシアは下唇を噛《か》みしめると、アレクサンドラに向き直る。

「アレクサンドラにお願いがあります。確認したいことが……」

そこでアナスタシアは唇を閉じた。そっとアレクサンドラから視線を逸らす。

彼女がスルタンの寝所に呼ばれたのは、アナスタシアのせいだ。

もうアレクサンドラを取り返しのつかないほどに、巻き込んでいる。

すべてはアナスタシアの思慮の浅さゆえだ。

その選択に後悔はないが、これ以上、彼女を巻き込んでいいのか。

一瞬、逡巡《しゅんじゅん》してしまったのを、悟られてしまったのだろう。アレクサンドラの両眉《りょうまゆ》が、みるみるうちに吊《つ》り上がる。そしてアレクサンドラは、バシーンとアナスタシアの頰を叩《たた》いたのだった。その場に倒れ込んだアナスタシアは、じんじん痛む頰を押さえながら、涙目になってアレクサンドラを見上げた。

アレクサンドラは眉根を寄せながら言った。

「ちょっと、やめてよ。まるで叩いたあたしが悪者みたいな目で見ないでよ。一蓮托生《いちれんたくしょう》でしょ。今更、そんなあたしをのけものにするなんて、それこそなしでしょうよ。今回ばかりは、あなたのほうが悪いでしょうよ」

「う、も、申し訳ありません」

「だから、なに？　あたしにお願いしたいことがあるんでしょうよ」

そう言ったアレクサンドラに、立ち上がったアナスタシアは頭を下げながら告げる。

「……その前に、アレクサンドラ、あなたに言わなければいけないことがあります」

アナスタシアはハウラとの一件を話した。アレクサンドラがスルタンに献上されてしまったのは、アナスタシアが原因なのだ。

だが、それを聞いたアレクサンドラの反応は、あっけないものだった。

「なーんだ、そんなこと」

「なんだ、そんなこと⁉」

「別にいいわよ。それにあなたも言ったじゃない。今のスルタンはお手つき一回で終わるんでしょ。それに再び呼ばれないのなら、気に入られなかったってことだし、それはそれで問題ないでしょ。お互いの利にかなっているわ」

だがアレクサンドラの怒りの矛先は別にあるようだった。彼女は子供のように頬を膨らませて、不機嫌な口調で言葉を続ける。

「だけどムカつくわね。本当に、あたしたちのことなんて歯牙《しが》にもかけてないのね。そしてあえて、それを今の段階であたしに言ったってことは……つまりはハウラに関連することで、あたしに協力してほしいってことでしょ」

「察しが良くて助かります」

「いいわよ、ぎゃふんと言わせてやりましょ。それで、何をするのよ？」

悪戯《いたずら》っぽく、目をキラキラと輝かせながら言ってくるアレクサンドラに、アナスタシアは大きくうなずきながら、アレクセイの服のポケットに入れていた、丸めた紙と筆《カラム》と小瓶に入れた墨を取り出した。

紙をタイル床の上に広げて、墨に浸した筆で、ざっくりと頭に入れた千夜宮と宮殿学校周辺の地図を描いた。それをアレクサンドラに見せながら説明する。

「どうして私が、アレクセイがいなくとも、そんなに慌てていなかったと思いますか？　千夜宮からはそうそう出られないのです。入ることも難しい。私が出入りできているのは、イドリース様が一緒にいるからこそです。……そう、千夜宮への自由な出入りを許されている、唯一の男性であるイドリース様が」

「じゃあ、そのイドリースがアレクセイを攫ったの？」

「違います」

アナスタシアは苦笑しながら、きっぱりと否定する。そして説明を続けた。

「おそらくアレクセイはまだ千夜宮にいるのでしょう。……最初にいなくなったときも、私に成りすまし、適当に千夜宮で過ごしていたのでは。千人以上も女奴隷がいる後宮です。いくら宦官や女官でも、目の届かぬところもありましょう」

アナスタシアは、紙の上に描いた後宮内の地図で、今いる場所を丸で囲んだ。アレクサンドラはアナスタシアの言葉に、「なるほどね」と何度もうなずいて納得している。

「千夜宮にいる、殺されてはいない、それで？　どこにいるのよ」

「——わざわざスルタンが起用した書記官を殺すようなことをしているわけがありません。私が偽物だとわかって、機を見てばらしたいのであれば、なおさらです。だから、いまだ後宮内のどこかに囚われているに違いありません。だからこそ見つける必要があります」

しかし、とアナスタシアは顔を曇らせながら言葉を続ける。

「……きっと相手も、いつまでも千夜宮に隠し通せないこともわかっているでしょう。近い内にここから出そうと考えるはずです。だから、その前にアレクセイを見つけ出し、奪い返します」

「方法はどうするのよ」

面白そうに目を瞬《また》かせたアレクサンドラに、アナスタシアは紙上の別の場所に丸をつけて見せた。唇を強く結んで言った。

「まずは千夜宮の出納台帳を調べたいのです。主な台帳は宦官《かんがん》長の執務室にあるでしょう。そして最近、宦官長は母后と共にいることが多いです」

そして、床に広げていた紙を、くるくると丸めた。

これをどこに隠すか。燃やしたほうがいいのは、わかっていた。

一瞬だけ、脳裏にノスマン大公の姿が思い浮かぶ。もしかしたら彼がアナスタシアの異変に気づいてくれるかもしれない。そんな小さな欠片《かけら》のような希望を抱いても無意味かもしれない。それでも、もしかしたら。

アナスタシアは、もう一度、その紙をアレクセイの衣服の中にしまい込んだ。

「ああ、なるほど」

アレクサンドラは己の髪を乱暴にかきあげながら、舌なめずりをした。

「いいわね。つまり宦官長といるときの母后を、ぎゃふんと言わせながら、足止めをすればいいってことね」

※

アナスタシアは後宮奴隷たちの居住区の回廊に出ると、注意深く周囲を見渡す。ハウラは千夜宮を支配しているという権力を見せつけたいのか、決まった時間に特定の場所を見回ることがあった。もちろん、毎日というわけではない。

だが運が良かったのか、今日はちょうど、その日のようだ。

宦官長と女官長を引き連れて、鷹揚《おうよう》な笑みをたたえながら、優雅に歩いている。敬礼を行うものたちを目にして満足そうだ。

アナスタシアはそれを遠くから眺める。声に出さずに唇だけ動かした。

——権力を誇示できるこの場所で、彼女の足を止める。

そして遠くの柱に隠れているアレクサンドラに視線を送った。

今からやることは、かなり危険な行為だ。

アナスタシアだけでなく、アレクサンドラの命も危険に晒《さら》すことだろう。

強気に笑うアレクサンドラの表情を思い出す。

だが、それでもアレクセイと壊された壺《つぼ》、馬鹿にされたアレクサンドラのために、絶対にやらなければいけないことなのだ。

「帳簿は人と物を結ぶ」

ノスマン大公が教えてくれたことだ。

——ノスマン大公は傍《そば》にいなくても、アナスタシアを導いてくれる。

まるで父がアナスタシアに与えてくれた言葉のようだ。

軽薄なように見えて彼は常に、然《しか》るべき道を整えてくれた。

今もそうだ。

彼の言葉のおかげで、アレクセイが見つかるだろう。

——きっと私は、一人の人間として、彼を好ましく思っている。

有和《ゆうわ》政策の象徴として命の危機に晒されながらも、己より大勢の命を救うことを優先している彼のことを。

アナスタシアはゆっくりと瞼《まぶた》を閉じた。

いつもの合図だ。思い浮かぶのは、燃え盛る教会に、大量の書物だ。あのときの何もできなかった無力感に比べれば、何だって怖くない。

今のアナスタシアには、父親だけではなく、ノスマン大公の教えてくれた言葉が、胸の中にあるのだから。

下着に隠した紙片を衣服の上から押さえて、目を開ければ、既に恐怖や不安など、どこにもないのだ。

柱の裏に隠れるようにして、ゆっくりと動き出したアレクサンドラに、アナスタシアは顎《あご》を動かして、次の行動に移ることを促したのだった。


上機嫌で歩いていたハウラの前に立ちふさがったのは、アレクサンドラだった。

他のものは、みな回廊の隅に寄って、邪魔にならないようにしているというのに、彼女だけは違っていた。

無表情のまま、ゆらりと立ち尽くしたアレクサンドラを、ハウラは不気味そうに眺めながら、周囲にいる宦官長と女官長に目配せをする。

「礼儀のなっていないアジェミだこと」

そう言いながらアレクサンドラに近づく女官長だったが、ぴたりと足を止めた。

「どうしたの？」

ハウラがそう訊《たず》ねたが返事をしない。仕方ないといった様子で、ハウラが扇で口元を隠しながら言った。

「……まったく困ったものね。でも、かなりの数のアジェミがいるのだもの。教育が行き届かないのも仕方ないことだわ」

「何を言っているのですか？　単なるあなたの監督不行き届きでしょう。千夜宮に送る女の数を調整しているのは、ハウラ様でしょう。教育のスケジュールもそうです。千夜宮を管理下においているのですよね。だからハウラ様の仕事でしょう？」

たどたどしくアンヌール帝国の言葉で話し始めたアレクサンドラに、ハウラが僅《わず》かにまつ毛を動かした。それを眺めながらアレクサンドラは、顎をゆっくりと持ち上げる。

「ハウラ様、ずいぶん飢えているんですね。仕方ありませんよね。どのくらい陛下に会えていないのでしたっけ。……ハウラ様のお散歩は、寂しさを虚栄心で埋める行為ですから、長い時間、歩いてしまうのは、それだけハウラ様のお心が傷ついているということを、意味するのですよね」

ぴくりと眉毛を動かして、ハウラは低い声で言った。

「……今、何を言ったの？」

「ハウラ様のお気持ちを代弁しただけです。……あたし、優しいでしょう？」

「……どきなさい、控えなさい」

「それはできません。だってハウラ様、可哀想《かわいそう》。散歩なんてやめましょうよ。そんなことをすれば、もっと寂しくなるだけですよ。あたしはハウラ様のために言っているんです」

「フィルヤール、あなた、誰に口答えしているの」

「………………」

アレクサンドラは、その言葉には答えず、くいっと唇を吊《つ》り上げて笑っただけだった。

しかしその笑みは凄惨《せいさん》なまでに憎悪に満ちていて、限界まで見開かれた双眸《そうぼう》は爛々《らんらん》とおかしな光にあふれていた。

──ああ、彼女の今までの鬱憤《うっぷん》は、このために溜《た》めていたのだ。

己の中にある、鬱々《うつうつ》とした昏《くら》い感情を、どろどろと絶え間なく零《こぼ》しているのだ。

アレクサンドラは恥を捨てて、己の闇をハウラに見せつけたのだ。

「ひっ」とハウラが小さな悲鳴を上げた。

ただの笑顔だというのに、信じられないほどの気迫を覚えたのだろう。

あの笑みは今までのアレクサンドラの苦痛だ。

日々、我慢してきた鬱屈《うっくつ》した気持ちだ。

煮えたぎるような激しい感情こそ、彼女の武器だ。

だからこそ遠目からでも、彼女の身から発せられるピリピリとした緊張感と静かな威圧感が、静かに伝わってくるのだ。

普通ならありえないことをしている女に、周りがどうしていいのか戸惑っている。

あのハウラですら口をぽかんと開けて、困惑の眼差《まなざ》しを向けたまま、言葉を失っている。

そんな中、アレクサンドラが少しだけ視線を横に逸《そ》らした。

合図だ。

アレクサンドラは時間稼ぎをしているのだ。この間に帳簿を確認しろとアナスタシアに伝えているのだ。

──彼女の行動を無駄にしてはいけない。

彼女は自らの怒りや苦痛を道具にしてまで、アナスタシアを助けようとしているのだ。

アナスタシアは小さくうなずくと、そのまま宦官長の執務室に向かったのだった。

※

この時間、宦官長の執務室に人がいないのは知っていた。宦官長がハウラの散歩に付き合わされているときは、宦官長の代わりを、他の宦官たちが務めているからだ。

そういった意味でも、ハウラの散歩の機会こそがチャンスだった。

アナスタシアは足音を立てないようにしながら、するりと執務室に入った。

棚やテーブルを見ながら、出納台帳を探す。おそらくは月報と日報に分かれているだろう。アナスタシアが確認したいのは、昨日と今日の出納記録だ。

もう一度、棚を見る。大量に置かれた資料に、アナスタシアは息を吐き出す。

──この中から、短時間で目的のものを見つけ出せと？

くらりと目眩《めまい》がする。一瞬、頭が絶望で真っ暗になりかける。

そんなとき、アナスタシアの脳裏にノスマン大公の言葉が思い浮かんだ。

――資料の些細《ささい》な差異に気づいて効率よく作業をしようとするところも……。

まるで耳元で囁《ささや》かれているようだ。

彼はアナスタシアの得意なことを見抜いていた。アナスタシアは無意識であったというのに。

アナスタシアは思わず笑ってしまう。

彼は、この場にいないというのに、いつでもアナスタシアを励ましてくれる。

――ありがとうございます、ノスマン大公閣下。

アナスタシアは唇を引き締めて、ゆっくりと周囲を見渡す。

まずは日報を見つけ出せばいい。さらに必要なのは、昨日と今日のものだ。

確認作業をしているというのであれば、棚にしまうはずがない。

そこまで考えてアナスタシアは、テーブルの上に無造作に置かれている帳簿を、何冊か手にとった。

それこそが、アナスタシアの目的のものだった。

確認するべきは直近の出納であり、人間一人が入れそうな器だ。

遠くから足音が聞こえたような気がした。

全部を調べている時間はない。アレクサンドラの足止めも、そう長くはもたないからだ。

千夜宮を出入りするものは、想像以上に厳しく管理されている。書物に書かれていたが、わざわざ宦官長《かんがん》が確認することになったのにはわけがある。黒人宦官と後宮奴隷が許されぬ恋をして、千夜宮から脱出する際に、売却される箪笥《たんす》の中に潜んだからだ。そのため二度と同じことが起こらぬように、不審な点を見逃さぬよう、宦官長が確認することになったのだ。

だが、その確認も、ある人物の所有物であれば、意図的に見逃される。

——そう、ハウラのものだ。

アナスタシアはハウラの所有物に絞って確認していく。

「……見つけた……」

不自然な巨大な木箱が、ハウラの寝室に運び込まれている。

アレクセイを誘拐したのはハウラの仕業だ。

なら有和政策の邪魔をしているのもハウラなのか。

そこまで考えて、アナスタシアは緩やかに首を横に振る。

——それはハウラの仕業ではないだろう。

彼女は道理をわきまえている。千夜宮を支配しているのは彼女だ。しかし、それはスルタンの母親であるからだ。スルタンは女が政治の邪魔をすることは望んでいないだろう。

そしてスルタンの推進している政策を邪魔すれば、ハウラの権力と影響力は危うくなるだろう。下手をすると千夜宮を追放されるかもしれない。

それほど愚かなことはしないはずだ。

アナスタシアは、木箱がハウラの寝室から、どこに運ばれるのかを確認する。

外廷にある廃棄された納屋だ。そこでアナスタシアは、テーブルにある紙片に書かれた文字に気づく。そこには『納屋、小火《ぼや》』と書かれていた。

アナスタシアは思わず帳簿を落としてしまう。

ハウラは木箱にアレクセイを入れて、納屋ごと燃やして殺すつもりなのだ。

そんな乱暴なことをすればスルタンが許すはずもない。こうして帳簿に残っている以上、その罪はすぐに露見することだろう。

ならば何も知らずに、ハウラは利用されているだけなのか。

アナスタシアはもう一つの可能性に行き当たる。

ハウラはアレクセイを、アナスタシアだと勘違いしているのかもしれない。

ハウラはアナスタシアを煙たく思っている。大宰相イドリースの送った後宮奴隷が邪魔なのだ。そんな中、アナスタシアはスルタンに呼ばれたが、夜を過ごせず途中で帰され、表向きは不興を買ったということになっている。だからこそ、今ならアナスタシアを殺しても、スルタンはそれを咎《とが》めないのではないかと判断したのだ。

そこまで理解して安堵《あんど》感が胸に広がる。ならば、まだ入れ替わりは露見していないようだ。

だが、このままではアレクセイが殺されてしまう。

がたりと扉の外で人の気配がした。長居はできない。アナスタシアは落ちた帳簿を元の位置に戻す。

――もし、私の身に何かあったら。

宥和《ゆうわ》政策のためにも、アレクセイは必ず助け出さなければいけない。

もしものときのために、アナスタシアは一つの策を講じることにした。

たとえそれが、己の身を危うくする行為であっても。


間に合え。

間に合え！

間に合え‼

アナスタシアは頭衣で顔を隠しながら、ハウラの寝所に向かう。そこにはまだ、アレクセイの入った木箱があるはずだ。

ハウラの寝所にたどり着いたが、慌ててアナスタシアは廊下の角の陰に隠れる。寝所の前には宦官が控えていた。誰も入らないように見張っているのだ。

やはりそう簡単にはいかない。周囲を確認する。武器になりそうなものがないか、見回した。だが一つしかない。アナスタシアは悩んだ末に、それを背中に回して隠した。

アナスタシアはゆっくりとした足取りで、見張りの宦官の前に出る。

「なんだ?」と不思議そうな顔をした宦官に、アナスタシアは淑《しと》やかに話す。

「ハウラ様の命令で、宝石箱の中にある首飾りを持って参りました」

「なんだと? だが今は、母后様は見回りに出ているはずだが……」

そこまで言いかけた隙を見て、アナスタシアは宦官の頭上めがけて、隠し持っていた薔《ば》薇《ら》水入れを振り上げた。だが既《すん》での所でかわした宦官は、アナスタシアから、その薔薇水入れを奪おうとする。

「貴様……!」

宦官は、殺気立ったアナスタシアを、羽交い締めにしようとした。それに気づいた彼女だったが、うまく身を躱《かわ》せず、思わずその場に薔薇水入れを落としてしまう。落下の衝撃で、装飾品の水晶が砕け散ってしまい、辺りに散乱した。

露出していた足に水晶の破片が突き刺さり、痛みが生じる。

驚いた宦官が、アナスタシアから身を離す。その隙をついてアナスタシアは屈《かが》み込み、水晶の破片を拾い上げると、宦官の足首に突き刺した。

小さく呻《うめ》くと宦官がその場に倒れ込む。壁に頭をぶつけてしまい、そのまま気絶してしまったようだ。

「これで……」

薔薇水入れが割れてしまったことに申し訳なさを覚えながら、アナスタシアは寝所に入り込んだ。

「……なんだ、あの音は!?」

――ああ、駄目だ。本当に時間がない。

寝所には、部屋の隅に不自然に木箱が置いてあった。

それを開けば、中には身を丸めて眠っているアレクセイがいた。女装をしている。アナスタシアのふりをして、後宮内を歩きまわろうとしていたのか。

「アレクセイ、起きなさい」

アナスタシアはアレクセイの頬を、ぺちぺちと叩《たた》く。呻き声を上げながら、アレクセイは目を覚ました。それを確認して、アナスタシアは問いかける。

「私が確認したいのは、ただ二つです。まず一つめ。あなたを誑《たぶら》かしたのはハウラですか?」

アレクセイは首を横に振り、「宦官長が」とだけ言った。アナスタシアは目を細める。

ハウラはアレクセイをアナスタシアだと勘違いしていたが、宦官長はそうではなかった。

アレクセイだとわかった上で、巧妙にハウラを操り、アレクセイを惑わし、隙を作らせた上で殺そうとしたのだ。

アレクセイ――ノスマン大公の書記官は命を狙われていた。宦官長も実行犯ではあっても、おそらく背後にはそれを仕組んだ何者かがいるのだろう。

アナスタシアは二つめを問いかけた。

「入れ替わりのことを誰かに言いましたか？」

「誰にも……」

「そう、良かった。ならば、まだ間に合いますね」

胸をなでおろす。

気が緩んだせいか、知らずアナスタシアは足の傷に触ってしまい、手に血が付着する。

それを見て、朦朧《もうろう》としていたアレクセイも意識がはっきりしたようだ。

「姉さん、血が……！」

「大丈夫です。気にしないでください。もう時間がないのです。あなたは、あの棚の中に隠れてください」

そう言いながらアナスタシアは、アレクセイを木箱から引きずり出す。

そのとき扉の外で悲鳴が上がった。おそらく倒れている宦官を見られたのだ。こうなった以上は、もう扉から外に出ることはできないだろう。

アナスタシアはアレクセイの背中を押して、無理やり棚の中に入れ込む。そして静かに説き伏せるように言った。

「このまま、ここに隠れて、木箱がこの部屋から運び出されたあと、人気がなくなったのを確認してから、この部屋を出るのです。すぐにイドリース様に頼りなさい。イドリース様であれば、何とかしてくれるはずです」

ここで元通りになれば、まだ書記官の入れ替わりを誰にも秘密にできる。千夜宮にアレクセイがいるだけのことなら、それはスルタンに認められていることだ。それを利用し、千夜宮にいた何者かがアレクセイを殺そうとしたのだろう。だが彼の妹が行方不明になっただけなら、奴隷が失踪《しっそう》するのは千夜宮でもよくあることだ。それはハウラの仕業なのだから。

もしアナスタシアが死ねば、その秘密は強固なものになるだろう。

この部屋に侵入したことを部屋を守備していた宦官には見られたが、今、彼は気絶している。彼が目覚めたあとで何を口にしようがアナスタシアが死ねば真実は闇の中だ。

「私のことは言わずに、私のことは隠して」

アナスタシアは棚の戸を閉めながら言った。

「ここであなたが戻れば、何もかもが元通り。入れ替わりもなかったことになる。素知らぬふりをすれば問題ありません」

「姉さんを見捨てろってことか」

苦しそうに言うアレクセイに、アナスタシアは微笑《ほほえ》みながら返した。

「はい、そうです」

「なんでだよ、なんで、そんなことを」

その問いに答えず、アナスタシアは戸を閉め切った。

「生きるか死ぬかなら、あなたが生きるの一択でしょう？」

ぽつりと、つぶやく。

隠れんぼが得意な弟だ。声さえ出さなければ、見つかることはないだろう。

——どうせその道にするなら、僕だけじゃなく他のものたちも、大勢一緒に助ける道を選んじゃおうと思っただけで。

目を閉じなくても彼の言葉が思い浮かぶ。それだけ強烈だったからだ。

——ついでだよ、ついで。そんなに難しくて大げさな話じゃないよ。そしたら結果的に、一番僕の命が危なくなったっていうだけで。

なぜ彼は、あれほどまでに己の善性を軽く捉《とら》えているのだろう。

アナスタシアは、あんなに人の言葉に衝撃を覚えたことはない。

「きっと私もあの方の言葉に当てられたのでしょう」

「あの方……？」

「ノスマン大公閣下です」

――私は数多《あまた》の書物に触れたいです。多くの文字を見て、読んで、いろいろなことを知っていきたいです。だっておかげで、毎日が楽しいのですから。……それは、ずっと最初から同じで、そしてこれからも、叶《かな》えていきたい願いです。

ノスマン大公の、これからどうしたいのかという問い、それに答えた想《おも》いも本音だった。だが入れ替わりの事実も、アナスタシアの命も、両方とも有和政策の邪魔になるものだ。ここでアナスタシアが、いなかったことになれば、入れ替わりの事実は消えるだろう。

――私はノスマン大公を、新都市の都知事にしたい。

アナスタシアは何よりも、有和政策が成功して、ノスマン大公が象徴としての役割を、やり切ることを望んでいる。

しょせん過ぎた夢だった。最初から入れ替わるべきではなかったのだ。

アナスタシアは、アレクセイの代わりに木箱に入った。

その瞬間、扉が開いて、大勢の人間たちが寝所に入ってきたようだ。ハウラもいるようだ。彼女の声がする。木箱の重さを確認させると、ハウラは金切り声を上げながら、木箱を部屋の外に運び出すよう指示をしている。頑丈に蓋《ふた》を閉めるようにも命じていた。

木箱が宦官《かんがん》たちによって持ち上げられる。

――どうか、弟が見つかりませんように。神よ、アレクセイをお守りください。

都合が良くても構わない。あとはもう、祈るしかない。

第五章　ノスマン大公の配慮

トーマース・ノスマン。

カルス帝国の首都近くの小国を統轄していた、ノスマン家の次男だ。

裕福だが富の代わりに義務に縛られ、決められた未来の中、歩んでいくだけの人生。

それでも次男である分、まだ勝手にできるという希望を胸に抱いていた。

だが結局、そんなものは子供の抱く幻想だった。

ノスマン大公は宗教学者になりたかった。しかし、その夢は、とある火災で台無しになる。跡継ぎだった兄が、納屋の火事で大火傷《おおやけど》を負い、歩けなくなってしまったのだ。

「元々、お前のほうがふさわしいと思っていたから、ちょうどよかった」

――それはよかったよ。

「後継者争いで面倒がなくなって、落ち着く所に落ち着いたのではないか」

――安心させられるように、頑張らないとね。

兄も父親も、それが本音かどうかはわからないが、ノスマン大公が次期当主になったことを喜んでくれた。ノスマン大公も、結果的にそれが良《い》いことだというなら、それでもいいかと己の運命を受け入れた。

別に嫌でもなかった。それで誰もが喜ぶなら。己を犠牲にしているつもりもなかった。

程なく父親は引退して、成人したノスマン大公に当主の座を譲った。父親曰《いわ》く、楽をしたかったとのことだが、アンヌール帝国とカルス帝国の戦争も激化しており、ノスマン大公が前線に駆り出されないように、理由付けのために行ったことのようだ。若いものほど前線に送られる。そして父親は、足の悪い兄や当主であるノスマン大公の代わりに戦に赴き、帰らぬ人となった。

──そもそも父親も兄も、僕のことを見誤っているんだよ。

ノスマン大公は決して国に忠誠を誓っているわけではない。戦で呆気《あっけ》なく死んだ父親の形見だけが戻ってきたときは、一層そう思った。父親の着ていた鎖帷子《くさりかたびら》に壊れた兜《かぶと》、それに縋《すが》り付いて静かに涙を流す母親、みっともなく泣きわめく兄。こんなものが見たくて、小国の主《あるじ》をしているわけでもなかったのだ。

「トーマース、あなたも泣いていいのよ」

そう母親は言ったが、泣いている時間を別のことに使ったほうがいいと考えていた。

それに父親が時間を稼いだところで、いつかはノスマン大公も戦に出なければならない。

──このまま、カルス帝国のために動いたところで、先はない。

そうなる前に、ノスマン大公はカルス帝国に見切りをつけることにしたのだ。

初期の頃から、すでにノスマン大公はアンヌール帝国のものと通じていた。国境にも首都にも程よく近い距離にある小国という利点を活《い》かし、積極的にアンヌール帝国に情報を送り続けた。

アンヌール帝国が、忠誠を誓い、改宗したものたちに寛大なことは知っていた。

だから趣味で学び続けていた宗教学の知識を使い、蒼月教《そうげつきょう》について興味があるのだと、遠回しにアピールし続けてもいた。改宗がしたいとさえ伝えていたのだった。

蒼月教の教えは「共通の神を信じるものには優しくせよ。たとえ過去に罪を犯していたとしても」だ。

だから兄に敵と通じていることが露見するのも、計算の内ではあったのだ。

「どこに手紙を送ったのかな。トーマース」

「さあ、どこだろうね。当主でもなんでもないあなたが、気にする必要はないことだよ」

そうやって曖昧《あいまい》にはぐらかして、すべてを終わらせた。兄が自責の念で自死を考えていたこともわかったから、せめて母と共に己の傍《そば》から遠ざければ、その気持ちも薄れるかと思い、領土の隅に母親ごと彼を追いやった。

「……トーマース、それで、僕を家から追い出して、何もかも思うようにことを進めるのかな」

「勘違いしないでよ。戦が激しくなるからだよ。安全な場所に避難してほしいだけ。……

いよ、そんなの」

それに、そもそも兄さんがいようがいまいが、この家も領地も僕の自由になるから関係な

その言葉を言ったときの兄の表情は、覚えていないどころか、見てもいない。

――どうせ、世間でよく言われるような、つまらない顔をしていたのだろうから。

親族を全員、中心地から遠ざけて、独りになろうが、構わずノスマン大公は裏切り続けた。カルス帝国が劣勢になり周辺地域から救援を求められても、領地内の食料庫が虫に食い荒らされて大変などと嘘《うそ》をついて、完全に無視してやった。ノスマン大公には、アンヌール帝国が勝つだろうという運命が見えていたのだった。

むしろ、ここまでやってしまったのなら、何が何でも勝たせてやるという気持ちだった。

結果的にノスマン大公の領土は、戦による被害が少なく済んだが、その分、周辺地域は煽《あお》りを食い、かなりの損害を出したようだ。

アンヌール帝国のスルタンに気に入られたのは、決して顔が彼の好みだったからではない。そのように身の振り方がうまかったからだ。

アンヌール帝国がカルス帝国の首都を占領したのち、スルタンに謁見したときに、そのあまりの潔い裏切りっぷりに、どんな奴か顔が見てみたかったからと言われたときも、驚きはしなかった。むしろ相手に奇行だと思われようが、目立つように振る舞ったほうがましだとすら思っていたからだ。

果たして、ノスマン大公の思惑通りにことは進んだ。

「私の顔が見たかったと……では、ご満足いただけましたか？」

「思ったより優男で、事前に知っていた情報とギャップがあるという点では楽しめたぞ」

「では、もう一つ。たとえば今すぐにでも改宗がしたいと言えば、その言葉は陛下を楽しませるに値しますか？」

そのとき、スルタンが腹を抱えて大笑いしたことは、今でも印象に残っている。

だから、元々の領土が新都市として有様を変えて、そこの都知事に選ばれても、スルタンとイドリースの考え出した有和《ゆうわ》政策の象徴として駆り出されたとしても、驚きもしなかった。

己の命が危険に晒《さら》されるのだとしても、それが結果的に効率の良い道であるなら、別に何の問題もないと考えていたのだ。

――唯一、計算外はあった。

もうひとり、有和政策の象徴として召し上げられた、哀れな子羊である奴隷のアレクセイだ。見栄えのするように飾り立てられて、皆の目に晒される。一番狙われやすいノスマン大公の盾になり、それでいて替えがきく使い勝手の良い道具だ。

最初の顔合わせで、彼に一筆契約書を書かせたとき、己の待遇があまりに悪いものであり、また命の危険と隣合わせなことに気づき、その筆《カラム》を持つ指は震えていた。顔は可哀想《かわいそう》なほど青ざめていて、双眸《そうぼう》は絶望に染まっていたくせに、それでも名前を書ききった度胸は嫌いではなかった。

――だが、察しの良い子は嫌いではないけれど、その察しの良さで己を傷つける子は嫌いだ。

ノスマン大公の裏切りに気づいて、何も言い出せずに苦しんでいた兄を思い出すから。息子たちのために、自ら死にに行った、父の背中を思い浮かべてしまうから。

翌日、彼が逃げてどこかにいなくなったと聞いて、ああやっぱりとも思った。

気になるのは、すぐに代わりが見つかるのかという一点だけだった。イドリースの庇護《ひご》の元から離れてしまえば、すぐに殺されてしまう儚《はかな》い命だとも考えていた。だから、わざわざイドリースに無理を言って、宦官に扮《ふん》してまで捜しに行ったのだ。見つかったときには、心底ほっとした。

だが、そんなノスマン大公の考えは裏切られた。

戻ってきたアレクセイは、顔合わせのときのことは忘れたように、アンヌール帝国の文化に触れるたびに、喜びを体現していた。

そして何より己の命の危険について、自覚がある上で覚悟を固めていた。

「死んでも誰も惜しまない人間であるということ」

そう言い切った彼の顔に、絶望に染まっていた表情は、どこにもなかった。

彼のことを考えれば、じわりと胸に染み入っていく熱と感情がある。

つい目線が彼のことを追ってしまうし、彼に触りでもすれば鼓動が跳ね上がってしまう。

だが、彼は男だ。それ以上、踏み込んではいけない。

「…………」

彼のことを考えると、どうしてだか心がざわついて仕方がない。

自然と頰が熱くなる。

なぜか彼を思い出すと、イドリースの屋敷《やしき》で出会った女性の後ろ姿を思い出してしまうのだ。イドリースにその正体を聞いてもはぐらかされてしまい、今はどこにいるのかわからない。それとも彼女は本当に神の化身だったのかもしれない。偶像崇拝が禁じられているため、その言葉は口には出せなかったけれども。

——もう一度、彼女に会いたいという執着が、アレクセイへの気持ちを変貌《へんぼう》させているのだろうか。

どちらにせよ許されぬ気持ちだ。

だからこそノスマン大公は、彼について無理やり別のことを考えようと試みた。

彼の信仰について、考えを聞いたときのことを思い出す。

彼は、あれほど教会で過ごしておきながら、神父を父親に持ちながら、何一つ神への信仰を育てていなかった。それだけ己の孤独を、周囲にあった書物で慰めていたのかもしれないが。弟がああなのだ。姉も同様に書物に興味を持っているのだろうか。彼の家族に関心を持ってしまった己に驚きを覚えて、思わず苦笑する。

「千夜宮に姉がいるのだったっけ。まあ、下手なところの下働きに出されるよりは、贅沢《ぜいたく》に暮らせるのだからマシだろう。見目が良ければパシャたちの嫁にもなれる」

そこまで考えて、屋敷内の違和感に気づく。

ノスマン大公はスルタンに与えられた屋敷に滞在しており、宮殿学校の業務を終えたあとは、この屋敷の私室で身を休めていた。

怒鳴り声や叫び声、そしてその中に交ざる聞き覚えのある声に、ノスマン大公は棚にかけてあった金襴《きんらん》の上着をまとって、部屋の外に出た。

「……こんな夜に、ずいぶん騒がしい珍客だね」

ノスマン大公は階段上の欄干から、一階にいるものたちを見下ろしながら、声をかけた。

イドリースだ。衛兵たちを引き連れて、ここまでやってきたのだ。

本来、ノスマン大公の住処《すみか》に、いくら大宰相の衛兵とはいえ、武器を持ったものたちが入り込んでくるのは、礼節と常識に反している。近衛兵《このえへい》たちが騒いでいたのは、それが理由だろう。

ノスマン大公は、イドリースの背後にアレクセイが控えているのを見つけた。

「アレクセイ！」

先程まで彼のことを考えていたのだ。嬉《うれ》しくてたまらない。

だがイドリースの反応は真逆だった。

「不快だ。近寄るな」

「は？」

階段を降りようとしたノスマン大公は足を止める。

「……ノスマン大公、人払いを頼む」

「それを言うなら、君こそ衛兵を……」

そう言いかけて、アレクセイの縋るような眼差《まなざ》しが視界に入ってしまい、口を閉じる。

ノスマン大公はため息をついて、周囲のものたちに目配せをする。ノスマン大公の意図を察して、みな、その場から離れていく。それを見たイドリースの衛兵たちも、イドリースたちから距離を取った。

階段を降りながらノスマン大公は静かに言った。

「ここの広間なら、あれだけ彼らが離れていたら、内緒話もできると思うよ。立ち話でも問題ないかな？」

「急ぎの用だ。それで構わん」

イドリースはアレクセイを一瞥《いちべつ》した。苦々しい口調で言う。

「……アレクセイ。こいつの前なら、いい加減、何かものを言えるのではないか」

その様子にノスマン大公は不審感を抱く。

アレクセイは「ひぃっ」と小さく悲鳴を上げると、身を縮こまらせた。指を噛《か》みながら、がたがたと身体《からだ》を大きく震わせている。

明らかに彼の様子がおかしい。

――体調が悪いのか？

そんなものとは違う、泥を塗りたくったような、そんな不快感と違和感がまとわりついている。イドリースが何かしたのだろうか。咎《とが》めるようにイドリースに視線を送りながら、ノスマン大公は優しく話しかけた。

「どうしたの、僕に話したいことがあるのかい？」

「あっ、の、ノスマン大公……あの……、ぼ、僕……いえ、わ、私は……！」

アレクセイの表情を見て、ノスマン大公は、ふと、彼に告げた言葉を思い出していた。

――大事なのは顔だけじゃないよ。覚えておいてね、その筆跡も癖も。

そう言ったのは己自身だ。

「……だめだ……。言えない、無理です……」

そう言いながら、アレクセイは大粒の涙を零《こぼ》した。

「アレクセイ！」

イドリースが眉《まゆ》を吊《つ》り上げて、苛立《いらだ》ちの声を上げる。

おそらくアレクセイはイドリースに何かを隠しており、イドリースは何かを理由に、ノスマン大公のもとにアレクセイを連れていけば、アレクセイが隠していることを吐き出すだろうと期待していたのだ。しかし、それが裏切られたため、こうして苛立っている。

そしてノスマン大公は、アレクセイを見た。

違和感が頭にへばりついて離れない。明らかにアレクセイが別人に見える。

それは胸を突き動かす衝動だった。

ノスマン大公はアレクセイの髪の毛を摑《つか》んだ。狼狽《ろうばい》するアレクセイをよそに、指でその髪の毛をこすった。

明らかに異なる髪の感触に、ノスマン大公は深呼吸をして、彼の髪から指を離す。

とんでもない勘違いをしていることを、ようやく理解したからだ。

「言えないなら、言わせるようにすればいい?」

そう誰にともなく言うと、二人が、はっとした。

そんな二人の反応を見て、ノスマン大公は、にこりと微笑《ほほえ》んだ。

「わかった。じゃあ用意してくるね」

ノスマン大公は人間の言葉よりは物的証拠を重んじる。頭に引っかかった小さな違和感と気づきを確認するべく、アレクセイとイドリースに断りを入れて、その場を離れた。私室に入り、業務に使用した書類を取り出す。

初日、アレクセイに、ノスマン大公の書記官《キャーティブ》になるための手続きとして、名を書かせた書類、それと御前会議《ディヴァーヌ・ヒュマユーン》で議事録を取らせた書類を取り出した。その書類を持ったまま、イドリースたちのもとに戻る。

イドリースはノスマン大公の思惑を察したようだ。

彼らの前で、その二枚の書類を見比べる。

明らかに筆跡が異なっていた。

ノスマン大公は、この程度のことにすら気づかなかった己を恥じる。

アレクセイは、ぶるりと身を震わせて、イドリースに縋《すが》り付いた。

その様子を眺め、再度、書類を見直して、ノスマン大公は言った。

「さて、契約書類に名前を書いたのは、どっち？　君で合っている？　それが言えないというなら、この場で名前を書いてもらっていいかな？」

「あ、あ……」

そこでアレクセイは、再び涙を双眸から溢《あふ》れさせた。顔をぐちゃぐちゃにしながら、喉《のど》から絞り出すような声で言う。

「ねえさ……」

そのつぶやきを耳にしたノスマン大公は、小さく目を瞬《またた》かせた。

――姉さん。

「……ああ。――……なるほど、そういうこと」

今までノスマン大公が好ましく想《おも》い、会話していたのはアレクセイではない。姉のほうだ。

――じゃあ僕も君を特別扱いしたいよ。何か僕に望みはない？　君はこれからどうしたい？

ノスマン大公は、一時的に入れ替わっているアレクセイの姉に対して、これからのことを説いていたのだ。

なんと滑稽《こっけい》なことだろう。

――じゃあ書記官を続けなよ。そのことを、スルタンや大宰相に告げることなら、僕にもできるから。

できるわけがない。さすがのノスマン大公も、大宰相の手により千夜宮に入った女を、どうこうできる力などない。

――僕の権力を以《もっ》てすれば、君を新都市に連れて行くことができる。

無理だ。スルタンのものを奪うようなことなど、できやしない。

「なんて酷《むご》い……」

千夜宮に閉じ込められた女奴隷に、ノスマン大公の語る理想の未来など、どこにも用意されないのに。それなのに何も気づかず、ノスマン大公は口にしてしまった。

どれほどノスマン大公の言葉に傷ついただろう。

どれほどノスマン大公の表情に傷ついただろう。

――私は数多《あまた》の書物に触れたいです。多くの文字を見て、読んで、いろいろなことを知っていきたいです。

そんなこと、できるわけがない。

絶対に叶《かな》えられない願いを、無理やり口にさせてしまったのだ。

その心の奥底に沈んだ絶望感は、きっと計り知れないだろう。想像もつかなかった。

急に無表情になったノスマン大公を見て、アレクセイが顔を恐怖の色に染める。それを慰めるかのように、イドリースが彼の腰に手を回した。

そんな二人を冷めた目で眺めながら、ノスマン大公は言う。

「イドリース殿、あえて確認するんだけど、気づいた上で、そういうことしている？　それとも、まったく何もわかっていない？」

「わかっている。彼女のことだろう」

その反応にノスマン大公は口元を押さえる。そのまま静かに問いかけた。

「名前が知りたいな」

「アナスタシアだ」

ノスマン大公は自嘲《じちょう》の笑みを浮かべる。あれだけの時間を過ごしておきながら、ノスマン大公は姉の名前すら知ろうとしなかったのだ。

ノスマン大公はしばらく考え込みながら、もう一つ尋ねる。

「僕が君の屋敷《やしき》で出会ったのも、彼女？」

「何の話だ」

「とぼけないでよ。君がごまかしただろう。長い赤髪の女だよ。今更、曖昧《あいまい》にする意味はないはずだよ」

「……………ああ、お前の言うとおりだ」

——なるほど。だから、僕は彼に惹《ひ》かれていったんだ。

そこまで考えて、今度は入れ替わりについてイドリースに確認することにした。

「……君の仕業？」

「なわけなかろう。こんなリスクの高いことをして、なんになるというのだ」

ノスマン大公がアレクセイに視線を送ると、びくりと彼が身を震わせる。

「ずいぶん趣味の悪い真似《まね》を……」とノスマン大公がアレクセイを咎めると、「不快だ。今はやめろ」とイドリースが制した。

「それで、どうしてここに？　まさか……」

「彼女の姿がどこにも見えない」

イドリースの言葉にノスマン大公が顔をしかめた。

「え、どこに行ったの？　なんで？」

アレクセイに掴みかかろうとしたノスマン大公だったが、イドリースに阻まれる。

「落ち着け、ノスマン大公。……スルタンが私とお前に望んでいるのは協調姿勢だ。たとえ、それが仲良しごっこだとしてもな。彼女が失われるのは、私とて望んでいることではない」

「……そうだった。僕と君は運命共同体だったね」

「…………」

「この間とは違って、気持ちが悪いとは言わないんだね」

そしてアレクセイに向き直り、問いかける。

「それで彼女はどこに？」

アレクセイ曰《いわ》く、アナスタシアは殺されそうになった彼の代わりに、木箱に入って、どこかに運ばれてしまったらしい。そして、どこに木箱があったかは、混乱しており覚えていないという。

イドリースとノスマン大公は、互いに顔を見合わせた。イドリースは顎《あご》に手を添え、浮かない顔をしていた。

そんな中、アレクセイが口を開く。

「姉さんと仲の良い子がいた。アレクサンドラ。彼女なら何かを知っているかも」

そして意を決したかのように、彼はノスマン大公に視線を向けて、たどたどしい口調ながらも言った。

「ノスマン大公閣下」

「なに？」

「姉さんは、あなたのことを特別に想っているみたいなんだ。だから……」

その言葉にノスマン大公は、内心、苦々しく笑う。

——私も特別なあなた様に、毎日振り回されて、楽しく仕事をしていますから。

彼女の言葉を思い出した。

あのまるで、子供同士がやり取りするような会話のことを言っていたのだろう。

今思えば、あれも彼女を男だと信じ込んでいたからこそ、気軽に言えた言葉であり、同時に彼女を愚弄《ぐろう》するだけ愚弄していた愚かな己を体現する証拠でもあった。

——まずは謝罪を。そのためには。

「ああ、彼女を助けるよ」

迷いなくノスマン大公は答えたのだった。

「——ところで」

ノスマン大公はアレクセイの衣服を指さした。

「ポケットに何か入っているようだけど、そこには何が？」

そう言われてアレクセイは慌ててポケットの中を探る。そこから出てきたのは、丸められた紙だ。広げると、描かれている後宮内地図のあちこちに丸がついていた。

「……そこは、例のアレクサンドラが騒ぎを起こした場所だ」

「なら早くアレクサンドラに会わなければいけないね」

ノスマン大公は、これを残したアナスタシアの意図を察して、小さく息を吐いた。


アレクサンドラは母后との騒ぎのせいで、千夜宮の地下牢《ちかろう》に入れられていた。

牢の前にやってきたノスマン大公たちを見て、驚きの声を上げる。

「大宰相様？　それに……!?」

「彼女の命が危ないんだ。何か知っていることがあれば教えてほしい」

その言葉を聞いて、彼女は眉根《まゆね》を寄せる。

アレクサンドラは彼らに近寄って、知っていることを話してくる。

どうやらアナスタシアは、宦官長《かんがん》の執務室にある、出納台帳を調べたようだ。

彼女のもとを立ち去ろうとしたときに、アレクサンドラは牢の格子を掴んで、懇願するように言った。

「お願い、助けてあげてください。あたし、まだ彼女にちゃんとお礼を言ってないのです。

……こんな、どうしようもないあたしでも誰かのためにあれる。それを彼女は、あたしに教えてくれたのですから、どうか……！」

人払いをして、宦官長の執務室に来たノスマン大公とイドリースであったが、イドリースが大量の書類の束を見て、頭を抱えた。

「これだけの台帳から目的のものを見つけ出せと？」

「いや、簡単でしょ」

そうあっさり答えると、ノスマン大公はすぐに目的のものを見つける。そして一つ違和感に気づいた。

台帳の頁《ページ》と頁の間に、赤い髪の毛が挟まっていたのだ。

——帳簿は人と物を結ぶ。

それは紛れもなく、意図的にアナスタシアの残した手がかりだった。

「流石《さすが》だな」

感嘆の息を漏らしたイドリースに、ノスマン大公が本気の声で問いかける。

「イドリース殿、わりとまじで彼女のこと、なんとかならない？　千夜宮の女奴隷たちって、今は千人以上いるんだよね。一人くらい、外に出せない？」

「……スルタンが気に入ってなければな」


木箱の場所は、宮殿から少し離れた場所、外廷にある納屋だった。

「海の近くでなくて良かった」

そうイドリースが言った。だが彼は、すぐに顔をしかめた。遠くのほうを指差す。

「あそこ、明るくないか？」

そこはたしかに、妙な光が、ゆらゆらと揺れているようであった。

近づくにつれて、その光の正体に否《いや》が応でも気づく。

火事だ。

納屋が燃えている。夜闇を侵食するかのように。

※

木箱に入ったアナスタシアは、木箱の外から熱風が入り込んできているのに気づいていた。同時に煙臭い匂いにも耐えられなくなってくる。

火がつけられてしまったのだ。こうなってしまえば、もはや打つ手はない。

遠いところから声が聞こえてきた。

ここだと教えようとしたが、アナスタシアは煙を吸い込んでしまい、咳《せ》き込んだ。

身体《からだ》から、みるみるうちに力が抜けていく。

――これでよかったのだ。

アナスタシアの命が失われたほうが、全てがうまくいく。

このまま炎に巻かれて死んでしまったほうがいいのだ。

瞼《まぶた》を閉じれば、戦火に焼かれる教会の書物と、あのときの自分が思い浮かぶ。

「お父さん！　お母さん！　ああ！」

戦火で教会が焼け落ちようとしたとき、火事の中に突っ込んで、何とか父親と母親は助け出すことに成功した。弟も無事だ。だが何よりも大事な本は、何冊かの薄い本や破った頁の何枚かを残して、置いていくしかなかった。

それでも諦《あきら》めきれずに、再び教会に入り込もうとしたアナスタシアを、父親が止めた。

「お父さん、やめてよ、止めないでよ！」

「だめだ！　聞け！　もう無理だ！」

「でも！　私には、あの本が大切なの。あの本がないと生きていけない！」

父親に羽交い締めにされたアナスタシアが、そう喚《わめ》きながら暴れていると、傍《そば》にいた母親から強く頬を叩《たた》かれる。

「命があれば、何でもできる！　だから……！」

母親は涙をボロボロ零《こぼ》している。煤《すす》だらけの顔は真っ黒だ。

アナスタシアはどうにもできずに、燃える教会をにらみつける。

燃えていく。あれだけ自分を助けてくれた本を、アナスタシアは助けることができない。

「嫌だ！　絶対に見捨てない！」

だが口だけだ。何もできない。だから子供のアナスタシアは駄々をこねるしかない。

「だってお父さん、私に構ってくれなかったじゃない！」

それが父親を傷つける言葉だとわかっても口から出てしまう。

「お母さんだって、私のことを見てくれなかったじゃない！　今更、親のふりしないでよ！」

母親の顔が大きく歪《ゆが》んだのもわかっていても喚いてしまう。

「寂しかった私を、ずっと助けてくれたのは、あの本たちだったのに！　嫌だ！　彼らを殺さないで！」

涙がぼたぼたと溢《あふ》れる。もはや視界は曖昧だ。

「馬鹿なこと言っているって、わかっているよ。でも、私にとって、彼らは命だったの！　助けてよ！」

「生きていれば、いつかは会えるから……」

か細い父親の声が耳元に届いた。

大好きな書物と同じ末路を辿《たど》るのであれば本望だ。そう思い込もうとした。

――生きていれば、いつかは会えるから。

その瞬間、そう告げた父親の双眸《そうぼう》を思い出した。

彼は生きろと言っていたのだ。

「……本当は……」

父親の言葉の意味を、わかっていた。それでも大事なものがなくなっていく喪失感に耐えられなかったのだ。

「本当は、死にたくない」

ぽつりとつぶやく。わがままを言ってしまった後悔が、奔流のように押し寄せる。

「死にたくないよ、お父さん、お母さん」

あのとき、彼らを傷つける言葉を紡ぐべきではなかったのに。その感情が無意識に唇を動かす。

「誰か助けて」

「諦めるな！」

ノスマン大公の声が聞こえてきた。

「これからも君は、沢山の世界を見たいんだよね？」

閉じようとしていた瞼を、アナスタシアは必死でこじ開ける。

どこにもいない誰か、アレクセイの身代わり。そんな自分が未来を夢見ていいのか。迷いが胸の内に湧き上がりそうになるが、それを一人の声が断ち切る。

「アナスタシア！」

――私の名前だ。

ぱちりと目を開けた。

――死にたくない。

気づけば声が出ていた。

「ノスマン大公閣下！」

喉《のど》の奥から相手の名前を強く叫ぶ。

「……わ、私は……！」

煙を吸い込まないように、喉の奥から声を絞り出す。

「私はここです！」

何度も、何度も、ノスマン大公に呼びかける。

「助けてください！」

「呼びかけに答えてくれてありがとう。アナスタシア」

木箱の近くから声が聞こえた。

めきめきと音がして、木箱の蓋《ふた》が無理やり開けられようとしていた。

そして隙間からノスマン大公の顔が覗《のぞ》き込んだ。

「ノスマン大公閣下……！」

――こちらこそ、名前を呼んでくださり、感謝します。

「多くの書物に触れたいんだろう？　なら諦めちゃ駄目だ」

そう言ってくれた彼の顔が、煙のせいで滲《にじ》んでしまう。それでも必死で彼の顔を見ようとしながら、唇を震わせて、こっくりとうなずく。

「はい！」

そしてアナスタシアは内側からも木箱を壊すため、両手で隙間をこじ開けようと力を入れて、頭を隙間にねじ込もうとした。

「ちょ、無理やり……！」

「ノスマン大公閣下が、それを求めるのであれば、私はこうするまでです」

アナスタシアは言い切った。

両手が痛む。それでもこじ開ける。未来は己の手で作り出すものだ。

そこにアナスタシアの求める言葉がある限りは。

「……ああ、やはり君がそうなんだね」

ノスマン大公は諦めたように息を吐き出す。

「こんなことの区別がつかないなんて、とんだ節穴だね、僕の目は」

無邪気に目を輝かせながら、ノスマン大公は隙間に手をねじ込んできた。

「ずっと気づけないでいて、ごめん。……アナスタシア、さあ、おいで。新しい世界を見るんだ」

返事など必要ない。ただ、その手を無理にでも摑《つか》むだけだ。

アナスタシアはノスマン大公の手を強く摑んだ。

どくどくと伝わる熱い鼓動に、アナスタシアは嬉《うれ》しくなる。

——ああ、生きているのだ。

ノスマン大公が少しだけ動揺した声を出した。

「あっ、ちょ、ちょっと力入れすぎじゃないかな」

「え？」

「う、あ、なんでもない」

アノスタシアは彼の言いたいことに気づく。

そして彼の手と繋《つな》いでいる、己の手をまじまじと眺めた。

――私をアナスタシアと呼んだのだ。

アナスタシアを女だとわかって、それでも、まだ彼は照れくさそうにしている。

その意味を測りかねて、頬を紅潮させるノスマン大公にアナスタシアは問いかける。

「もしかして、この期に及んで、まだ恥ずかしいのですか？」

「そ、そういうのを、はっきり聞くもんじゃないよ」

※

今回の陰謀を解決したことで、アンヌール帝国の大宰相イドリースとカルス帝国の元小国の主《あるじ》ノスマン大公が心を通わせて、ノスマン大公の新都市の都知事就任は無事に達成された。スルタンの推進した宥和《ゆうわ》政策は成功への第一歩を踏み出した。意図せずしてアナスタシアは両国の架け橋となったのだ。

千夜宮の一室に戻り、怪我の治療に専念していたアナスタシアを、アレクサンドラが迎えてくれた。そこにはイドリースの計らいで、アレクセイもいる。

「アナスタシア！」

ぴょんと飛ぶと、彼女はアナスタシアを抱きしめる。

「あたし……あなたのおかげで生きてみようって思えたの。だから、お願いだから、どこかに勝手に行こうとしないで」

「ごめんなさい」

アナスタシアは彼女の背中をぽんぽんと叩くと、ゆっくり彼女から身を離す。

そしてアレクセイに顔を向けた。彼は申し訳なさそうだ。

アナスタシアは彼の頬を叩いた。

「ごめんなさい。アレクセイ」

ショックを受けている彼に向かって、諭すかのように言った。

「なぜ勝手に、どこかに行ってしまったのですか。あなたのことを信頼していたのに」

アレクセイの目から、涙が溢れ出す。

「そんなの、姉さんがおかしいんだよ！　いきなり書記官をやれだなんて、無理に決まっているよ！」

「なら相談してくれればよかったのに」

アナスタシアはアレクセイの甘えを一蹴《いっしゅう》する。

「その場限りの嘘《うそ》ではなく、その場限りのごまかしではなく、その場限りの頼みごとではなく。あなたの心を整理してでも」

「そんなの、整理できないよ。自分のことで、いっぱいいっぱいだったんだから！」

「あなたには言葉を紡ぐ手段があるのだから。すぐに口にできぬなら、文字にすれば良かったのです。――どうして一言だけでも本当のことを」

そう言ってアナスタシアは静かに涙を流す。

「……どうしても……言えなかったんだ」

そう言いながらアレクセイは「ごめん」と彼女の涙を拭《ぬぐ》おうとする。その手をアナスタシアは掴んだ。

「でも、あなたはそれでも、きちんと言わなきゃいけなかったんです」

アナスタシアはもう片方の手で涙を拭う。アレクセイの手を借りたくはなかった。

遠くから足音が聞こえてきた。

はっとしたアナスタシアは、アレクセイから手を離して、音のしたほうに顔を向ける。

荒々しく扉が開かれたかと思うと、そこには息を荒げたイドリースがいた。

アナスタシアの姿を見ると駆け寄ってくる。

アナスタシアもまた、彼の元に近寄った。

「イドリース様」

そして小さく頭を下げて言ったのだ。

「……私はノスマン大公閣下に会いたいです。お礼を申し上げたいのです」

イドリースは息を呑《の》んだようだった。少しだけ彼の顔を窺《うかが》うと、難しい表情をしていた。

アナスタシアは再び目を伏せて言葉を続ける。

「あれから全然、あの方に会えないのです。今の私があること、そしてこれまでのこと、全てはあの方がいたからこそ。……まだ私はあの方に、この気持ちの一欠片《ひとかけら》もお伝えしていません」

──アレクセイには言わなきゃいけないことは言葉にしろと伝えた。

ならば今度はアナスタシアが有言実行する番だ。

「そう言うと思っていた。安心しろ。私はお前を迎えに来た」

イドリースの言葉にアナスタシアは安堵《あんど》して、先陣を切って動きだした。

「かしこまりました。では参りましょう！」

「どこに行くかわかっているのか？」

「千夜宮の外に出るのでしょう？」

イドリースの問いかけに、さらりとアナスタシアが答えると、なぜか彼は意味ありげに頭を抱えた。

「気持ちはわかるが先走るな。本来、お前を千夜宮の外に出すことすら難儀なのだ。おとなしく、これを被《かぶ》って顔を隠して……」

そう言いながら彼はアナスタシアに白い布を頭から被せた。

どこか焦った様子でイドリースはアナスタシアを連れて部屋の外に出る。アレクセイやアレクサンドラもイドリースの後ろについてきている。

しかし、早足で廊下を駆け抜けようとしたイドリースたちを、阻むものがいた。

「――あら、まだいたの」

ハウラだ。後ろには宦官《かんがん》長も控えている。

「馬鹿な。まだ……」

そこまで言ってイドリースが悔しそうに唇を嚙《か》む。

アナスタシアは彼の言いたいことを悟る。この時間、ハウラは宦官長と女官長を引き連れて、見回りという体の散歩に出ているはずだからだ。

イドリースの当てが外れたことを理解しているのだろう。ハウラは得意げな笑みを浮かべながら扇を取り出すと、その扇で口元を隠した。目を細めて笑いながら言う。

「おかしな話。その娘は消えていなくなったはずなのに、まだいるなんて。どうして、まだ、そのみっともない姿を晒《さら》しているのかしら」

アナスタシアのことを言っているのだ。

まだハウラはアナスタシアの殺害を諦《あきら》めていない。

ハウラは、ゆっくりと足を踏み出しながら言う。

「そこのアジェミには用事があるのです。イドリース、その女をこちらに」

「嫌だと言ったら？」

イドリースの言い返した言葉に、ハウラは苦笑しながら告げる。

「あなたが大宰相でも、千夜宮はスルタンのものであり、管理の権限は母后である私にあります。あなたがいくら陛下から特別な権限を賜っていようが、千夜宮の中であれば、私のほうが上なのです。ですから、あなたは私の言葉に従う必要があります」

そのまま声を低くして言葉を続ける。

「いくら大宰相の命とはいえ、その娘を外に出すのは、この私が許しません。さあ、その娘をこちらに」

イドリースは答えない。アナスタシアを後ろに下がらせるように、守るように、彼女の前で手を広げる。

だがアナスタシアは一歩、強く前へ足を踏み出した。

そのまま真っ直《す》ぐハウラを睨《にら》みつけながら言う。

「いいえ、私は行きません。なぜなら、あなたは私を殺そうとするから。失敗も二度はない。今度こそ確実に私の息の根を止めようとするでしょう。私は生きていきたい。それにやることがあるのですから。このまま通していただきます」

「あらまあ」

ハウラは鼻で嘲《あざけ》るように笑う。

「一体、あなた程度が外に何の用事があるの？　何もできない千夜宮の女奴隷のくせに」

「それをハウラ様に申し上げる必要はないかと。それに私の価値については、今、論じるようなものでもありません。そのようなことに無駄に時間を費やしても」

その言葉を聞いて、ハウラは嬲《なぶ》るような視線を向けて言った。

「どれだけ、あなたが理屈を歪《ゆが》めて論じようが、アジェミであるあなたには何の自由もない。くだらない羽虫が羽音を立ててぶんぶん飛び回ろうが、鬱陶《うっとう》しいだけ。叩《たた》き落としたほうが世の中のためでしょう？　虫は虫らしく、意思などなくして、大人しく従えばいいのよ」

「たとえ虫でも主張したいことくらいはありますとも。ここにあるものが陛下のものであるなら、それを壊すにも陛下の許可がいるはず。それに私の価値も……」

「はあ？」

「私の価値も陛下のお決めになることとです。ハウラ様のおっしゃるように、千夜宮のセオリーに従うのが筋だというのなら。都合のいいように歪めているのは、ハウラ様のほうではありませんか！」

「はあ、だから？　とにかく……」とハウラは優越感に満ちた双眸《そうぼう》で言った。

「大宰相イドリース、その娘を渡しなさい。この千夜宮では私の命令が全てです」

「違うだろう、母上。その娘の言うように、この千夜宮は私のものだ」

聞き覚えのある声が響き渡る。

アナスタシアは、ハウラの後ろからやってきたものを確かめようと、目を凝らす。

「陛下」

愕然《がくぜん》とした声は果たして誰のものだったのか。

そこに現れたのは千夜宮の主であるスルタンだったのだ。

「母上、私も、そこの娘に用があるのだ。どいてくれないか」

そのままスルタンはアナスタシアの前に躍り出る。

それを不快に思ったのか、ハウラは眉根《まゆね》を寄せながら低い声で言う。

「……この娘は、たかがアジェミです。あなたが言葉を交わすだけの価値もない、くだらない女奴隷です」

「母上よ。千夜宮にあるものの価値は私が決めるべきもの。あなたが勝手に決めるな」

「ですが陛下は、この女と一晩を過ごすこともなかったではありませんか。今更、一体何を……」

「母上、このものは、利那《せつな》の欲望よりも価値のあるものを私に与えた。それだけのこと。

……なんでもよいから物語を語れ、ギュッルバハル」

「今、ここで、ですか？」

戸惑うアナスタシアにスルタンは大きくうなずいた。両手を広げながら言う。

「ああ、どのような想《おも》いでも構わない」

アナスタシアは戸惑いながらも口を開いた。ノスマン大公への気持ちを物語として表す。

アナスタシアとしての名前を呼んでくれた。

最後にはアナスタシアを必要としてくれた。

アナスタシアをアナスタシアだと、認識してくれたのだ。

その想いを即興の物語として紡ぎ出し、語りきると、スルタンが感嘆の息を漏らす。

「ああ、やはりお前は良《い》いな」

そう口にしながらスルタンは、様子を窺うような、どこか試すような色を双眸に浮かべる。それを見たアナスタシアは唾《つば》を飲んだ。

おそらくアレクセイとの入れ替わりが露見しているような、そんな気がしたからだ。

すぐにスルタンの目から不穏な感情がなくなる。気のせいだったのだろうか。

「……その娘が、語るのが得意なのはわかりました。だから、なんなのです。本来、千夜宮から女は出さないもの。いくらスルタンといえども規律は守るべきですよ」

「その規律を守っていないあなたが、言うべきことではないだろう」

スルタンが蔑《さげす》むような目でハウラを眺めながら言葉を続けた。

「ここまで言っても、わからないのか。母上。私はあなたが、この千夜宮で何をしてきたのか、この上なくよく知っている。たとえば後宮の女について勝手に処理をしたり、後宮のものを私の許可なく移したり……余計な人件費の捻出も、無駄な後宮の拡張も、私に露見しないようにこっそり文書を改ざんしていたことも知っている」

やれやれというような仕草をしながら、スルタンは告げる。

「それでも、それを見逃してきたのは、ただ私の邪魔をしなかったからだ」

「い、一体、何の……」

急にあからさまな敵意を向けたスルタンに、ハウラはぎょっとしている。

「母上、あなたが殺しかけたのはギュッルバハルではない。私が、このたび大公の書記官として雇ったアレクセイのほうだ」

——ああ、そういうシナリオなのか。

アナスタシアは、ようやくイドリースとスルタンの描いたシナリオを理解する。

彼らはこの場で、後々の憂いになるかもしれないハウラを切り捨てようとしているのだ。

「な、なんですって」

ハウラは愕然とすると、怒りに満ちた顔を宦官長に向けた。

「聞いていないわよ！　宦官長！」

「聞いていないで済まないだろう。既に起こってしまったことなのだから。その罪は償ってもらう」

明朗な声でスルタンはハウラに向かって言い切った。そして宦官長に顔を向ける。彼は「ひぃぃ」と悲鳴を上げると、その場にしゃがみ込んだ。

「さて、事を企《たくら》んだ宦官長もだ。お前の首も、いつでもすげ替えられるのだから。少しやんちゃが過ぎたな」

「ま、待ってください！」

「なぜ、私がお前ごときの命令を聞かなければいけないのだ」

宦官長の懇願を無視して、スルタンはショックでその場にしゃがみ込んだハウラに声をかけた。

「さて、母上。母上には、この宮殿から別邸に移っていただこう。そこで余生を過ごすといい」

宦官たちに拘束されてその場から消えていく宦官長の苦悶《くもん》の悲鳴を背景にした、スルタンの、哀れみたっぷりな優しげな声に、ハウラは焦燥する。

「な、ななな、何を馬鹿なことを！　この千夜宮から、私がいなくなったら、どうなると思っているのです!!」

「本来、母上の業務は小姓頭のやるべきことだ。だから母上がいなくなったところで誰も困らんよ。今まで無駄な仕事を、お疲れ様」

無情に告げられたスルタンの言葉に、徐々にハウラの顔が青ざめていく。

「さて、母上。あなたの価値のなさも、この娘の価値も理解していただいたところで、その場からどいていただこう」

「ま、待っ……」

「待たない。……ああ、どいてもらうのは千夜宮の表舞台からもだ。この千夜宮に、無駄な支配者など必要ないからな」

脅すような響きに、ハウラは何も言えず、ただ悔しそうに唇を噛み締めながら、その場を離れたのだった。

※

イドリースに連れられて祝福の門をくぐり、千夜宮の外に出れば、そこにはノスマン大公がいた。ノスマン大公が様子を窺《うかが》いながら、アナスタシアに近づいてくる。

アナスタシアは彼に向かって深々と頭を下げた。

「ご迷惑をおかけして、大変申し訳ありませんでした」

「いや、謝るのは僕のほうだから」

そう言ってノスマン大公は、彼女に頭を上げるように促した。

「女と男の入れ替わりに気づかずに、そのまま都合のいいように、君を働かせていた僕の落ち度だよ。すぐにわかれよという話なんだから」

「いいえ。……私が自分の欲に任せて、アレクセイの提案にうなずいてしまったのが悪かったのです。ですから……」

アナスタシアは衣服の内側から、下着に隠していた、お守り代わりの紙片を取り出した。

「これに頼っていた私の心を、鍛え直そうと思いまして」

「それは？」

「私がずっと持っていたお守りのようなものです」

「それをどうするの？」

怪訝《けげん》そうに訊《たず》ねてきたノスマン大公に、アナスタシアは紙片に書かれていた文字を見せたのだった。

——アナスタシア。

彼女の名前だ。

ノスマン大公は意外に思ったのか、驚いた顔をしている。

「こんなものを大事に思っていたの？」

「こんなもの、ではありません。これは私の大好きな小説の一頁《いちページ》です」

アナスタシアは目を伏せながら、愛《いと》しげに言葉を続ける。

「この物語の主役はアナスタシアという名前の少女です。少女向けのロマン小説ですが、愛や恋といった話がメインではなく、田舎に住んでいた少女が海賊に憧《あこが》れ、航海に出る、冒険活劇なのです。……私も彼女のように、広大な海に出るかのように、挑戦する心を持ち続けたい。彼女のような心であり続けたい。そう思ったからこそ……」

そう言いかけたアナスタシアであったが、ノスマン大公に紙片を取られてしまい、「あ」と小さな声を漏らす。

ノスマン大公は紙片を指で挟んで、ひらひらとさせながら言った。

「もう、これはいらないだろう。――だって……」

ノスマン大公は紙片を、ぱっと手放しながら言った。

「僕が君をアナスタシアとして、新しい世界につれていきたいからね」

「私をアナスタシアとして？　どこに？」

逡巡《しゅんじゅん》しながらアナスタシアは言葉を紡ぐ。

「でも私は……千夜宮の女奴隷です。外に出るわけには……」

そこでノスマン大公はアレクセイを見た。

その視線は、あまりに非情なものだった。思わずアナスタシアが、ぞくりとするほどだ。

「――ああ、アレクセイ。僕は君に言うことがあって」

びくっと肩を震わせるアレクセイに、ノスマン大公は淡々とした口調で告げる。

「これはイドリース殿の願いでもある。君が書記官としての基礎を学ぶために、外の世界を見てほしいんだ」

それを聞いてアレクセイは首を傾《かし》げて不思議そうな顔をしている。

「元カルス帝国の領地で、いまだ抵抗勢力の強い場所があってね。アンヌール帝国が交渉用の軍を送っている。そこに行って、現場の空気を体感してほしい。書記官は、これからの対外交渉にも重宝されるだろうから、先んじて君に経験を積んでほしい」

みるみるうちにアレクセイの顔が蒼白《そうはく》になる。ぶるぶると唇を震わせながら告げた。

「そ、そんな、僕なんかが……！　そんな大変そうなところ……」

「行く前から弱音を吐くな、不快だ。大人しく修業しに行け」

イドリースが無表情のまま告げた。アレクセイは瞳《ひとみ》を潤ませて言う。

「……む、無理で……」

「無理なんかじゃありませんよ、アレクセイ！」

アナスタシアはアレクセイの手を取って、強く言った。

「なんて素晴らしいのでしょう！　交渉用の軍に交じって働くなど。それこそ女には絶対に無理なことです。羨《うらや》ましいです。その場でしか経験できないことが、たっぷりと待ち構えているのでしょうね。私が代わりに行きたいです！」

「い、いや、行かせないよ」

ノスマン大公の突っ込みにアナスタシアは苦笑する。

「冗談です」

——本気だったが。

「それでは頑張って、修業しに行くのですよ。アレクセイ！」

「ひぃ」

アレクセイは悲鳴を上げている。弱気になっているようだ。アナスタシアは、ぽんと手を打って、彼に提案する。

「あなたを励ますために、即興で心が明るくなる物語を語りましょう。きっと元気になるかと思いますよ」

「や、やめてぇ」

目を輝かせて迫るアナスタシアに、子うさぎのように身を震わせるアレクセイ。そんな二人を見ながらノスマン大公はイドリースに話しかけた。

「どうして同じ環境で育って、こっちがこれで、そっちはそれなの」

「……………その質問、不快。私に聞くな、私にもわからぬのだ」

イドリースの答えに嘆息して、ノスマン大公はアナスタシアに身体《からだ》を向けた。

「まあ、ということで、アレクセイには修業に行ってもらうとしても。僕にはアレクセイの代わりに書記官が必要なんだよ。そして……君は、僕が御前会議で提案したことを覚えている？」

女性の留学や、書記官の派遣についての話かと問いかけると、ノスマン大公は嬉《うれ》しそうに声を弾ませた。

「御前会議で僕の提案が通ってね。この国の書記官、もしくは宮殿学校に通っている生徒について、新都市への派遣や留学を許してもらえるそうだよ。スルタンが許可したんだ」

「不快だ。それでは意味が通じない」

ノスマン大公の説明に呆《あき》れたイドリースが彼に代わって話した。

「アナスタシア。一度、お前を千夜宮から出し、宮殿学校に身を置かせる。そこで書記官を補佐する立場に移して、ノスマン大公の要望に応じて、お前をそのまま新都市に派遣するという流れだ」

「……それを陛下が許したのですか？　たかが語るのがうまいだけの千夜宮の女奴隷に対して？」

——入れ替わりに気づいているのではないか。

そう言いかけたが、イドリースやノスマン大公は苦々しい顔をしている。あえてそこには触れていないようだ。アレクセイが姉と間違われたことを知っているのは確かなのだろうが、入れ替わりまで気づかれているかどうかは、わからないのだろう。

「かなり無理やりな流れなんだけどね。……それでも新都市では女性書記官が許されている。つまり僕が都知事となる新都市に来れば、君は書記官になれるんだ」

ノスマン大公はそう言うと、アナスタシアに、ゆっくりと手を差し出してきた。

「……だから、どうか僕の書記官として、新都市にきてください」

アナスタシアは、戸惑いながら、その手を取った。緊張気味の彼の感触が伝わり、思わず、くすりと微笑《ほほえ》んだ。

「……今度は、恥ずかしがらないのですね」

「僕の方から、こうやって手を差し伸べておいて、さすがに失態はできないよ」

照れくさそうに笑う彼に、アナスタシアは、ああ、と感慨深い思いで胸を満たす。

アナスタシアは何度もノスマン大公の手を、にぎにぎと握った。ノスマン大公は困惑しながらアナスタシアに問いかけてくる。

「何をしているのかな？」

「確かめているのです」

「何を？」

「私が女だとわかったから、手を握れるようになったということですよね」

「いまなんて!?」

激しく動揺するノスマン大公に、アナスタシアは空いたほうの手で己の頬に触れながら、しずしずと告げた。

「私に対して、初めての男色だとお思いになられたときには、かなり、ご自分の心に戸惑われていたようでしたので。それこそ仕事に支障が出るほどに。だから私も、どのようにあなたに接していいか、迷ってしまいました。……でも、もう大丈夫そうですね」

「………」

ノスマン大公は硬直している。アナスタシアから手を離して、ぎこちない身振り手振りで話してくる。

「ずっと、そう思われていたってことかな」

「事実ですよね？」

「事実だよな」

アナスタシアとイドリースの追及に、ノスマン大公は重々しくうなだれた。

「は、はい」

「………」

「で、でも、言い訳だけ。あ、あれは、その、僕にもちゃんとそう思ってしまった理由があって、イドリース殿の屋敷《やしき》で出会った月の女神にそっくりで……」

「まあ、その月の女神は私ではありますけど……」

そうアナスタシアが言うと、イドリースが呆れたような目線をノスマン大公に向ける。

「きっかけはどうあれ、事実はそうなのだから、その事実をごまかそうとするな」

「はい」

イドリースの突っ込みに、ノスマン大公はそれ以上の言葉を失っているようだった。

俯《うつむ》いてしまったノスマン大公の態度がおかしくて、アナスタシアは静かに笑った。少しだけ俯きながら、ゆっくりと口にする。

「……では、今度は私のほうが恥ずかしがる番ですね」

「それは、どういう……」

素早く顔を上げて、アナスタシアの真意を確かめようとするノスマン大公に、イドリースが威圧感を示しながら牽制《けんせい》した。

動きを止めたノスマン大公の肩に、イドリースは手を置きながら、彼の耳元で言い聞かせるようにして告げた。

「ノスマン大公」

「堂々と公私混同をするな」

「う」

ノスマン大公は小さくうめき声を上げると、緩やかに首を横に振りながら言葉を続けた。

「公私混同は、よくないので、よくないけれども……」

顔を上げて、アナスタシアを真っ直《す》ぐに見据えて、快活に笑ったのだ。

「こうして僕の前で生きていてくれること、嬉しく思うよ。ありがとう」

アナスタシアは目を閉じて、瞼《まぶた》の裏にノスマン大公の笑顔を焼き付ける。

――それは私のほうから、言わねばならぬ言葉だ。

「こちらこそ、ありがとうございます。ノスマン大公閣下」

彼のおかげで、こうして生きることができたのだから。

富士見L文庫

千夜宮《せんやきゅう》ハレムのとりかえ書記姫《しょきひめ》

鳥村居子《とりむらいこ》

2022年7月15日　初版発行

発行者　青柳昌行
発　行　株式会社 KADOKAWA
〒102-8177　東京都千代田区富士見2-13-3
電話　0570-002-301（ナビダイヤル）

印刷所　株式会社暁印刷
製本所　本間製本株式会社
装丁者　西村弘美

定価はカバーに表示してあります。　◇◇◇

ISBN 978-4-04-074599-2 C0193